Timo Neuhaus

Nachtcache

Timo Neuhaus, 1978 in Oldenburg geboren, schrieb schon in der Grundschule seine ersten kleinen Geschichten mit dem Füller in Schönschrift.
Die Liebe zu den Büchern blieb nach der Schule bestehen, als er eine Lehre zum Drucker machte.
Eine weitere große Leidenschaft ist die Feuerwehr. Seit fast 20 Jahren ist er aktives Mitglied der Freiwilligen Feuerwehr.
Er lebt mit seiner Frau und seinen beiden Kindern in Sage, im Landkreis Oldenburg.

Timo Neuhaus

Nachtcache

Thriller

Titelbild und Umschlaggestaltung:
Timo Neuhaus und Marlies Mittwollen

1. Auflage 2017

ISBN 978-1-97349-499-7

Dieses Buch widme ich meiner Familie.
Danke, dass ihr mir die Zeit dafür gegeben habt, es zu schreiben.

DANKSAGUNG

Der allergrößte Dank gilt Axel Berger.
Ohne Dich hätte ich es mir niemals zugetraut, etwas zu schreiben. Vielen Dank für deine vielen Ratschläge und guten Tipps!

Prolog

Es war kalt. Der Mond schien nur ab und zu durch einen aufgebrochenen Wolkenfetzen mit seinem weißen Licht auf den Wald. Die eisige Luft schmerzte in seinem Gesicht. Aber lange wollte er eh nicht im Wald bleiben.

Seine Taschenlampe durchschnitt mit ihrem Lichtkegel die klare Luft. Bei jedem Schritt knirschte der Schnee unter seinen Schuhen. Sonst mochte er dieses Geräusch, aber heute Nacht war er nur genervt davon.

Er hatte nicht daran gedacht, als er den Schmuck und das Geld von seinen Kollegen und Mitbewohnern stahl. Jetzt war er im Wald und wollte seine Beute erst einmal sicher verstecken. Später würde es sicher eine große Aufregung geben, wenn der Diebstahl erst mal entdeckt wurde. Aber er hatte vorgesorgt, damit nicht der Verdacht auf ihn fallen konnte. Seine eigene Armbanduhr hatte er gleich mit gestohlen. Das war ein guter Plan. Später würde er wieder kommen und seinen Schatz verhökern. Dieses zusätzliche Geld konnte seine Familie zuhause gut gebrauchen. Es machte sie zwar nicht sehr reich, aber es genügte, um in seinem Heimatdorf, das viel zu viele Kilometer von ihm entfernt lag, als angesehene Leute zu gelten. Irgendwann wollte er zurückkommen und alle würden zu ihm Aufsehen. Als armer Mann kam er nach Deutschland und als vermögender Mann käme er zurück.

Ja. Dieser Gedanke spornte ihn an. Immer wieder. Und genau dieser Gedanke trieb ihn in dieser verdammt kalten Nacht in den Wald.

Er lief immer weiter. Vor einiger Zeit hatte er sich schon eine geeignete Stelle ausgesucht. Hier würde garantiert keiner herkommen. Aber diese Stelle wieder zu finden war schwer. Nicht nur der Schnee erschwerte die Suche. Auch die Dunkelheit machte ihn zu schaffen. Es sah irgendwie alles anders aus. Immer wieder schaute er sich um, aber die Lichter seines Wohnheimes waren schon seit ein paar Minuten nicht mehr zu sehen. Das machte ihn nervös. Aber er konnte ja seinen Fußspuren zurück folgen, sollte er sich tatsächlich verlaufen.

Weißer Atemdampf stieg auf, als er sich verschwitzt an einem Baum lehnte und versuchte, die Gegend wieder zu erkennen. Da. Dieser Baum mit den langen Ästen, die bis auf dem Boden hingen, da hatte er eine kleine Markierung in die Rinde geschnitzt. Er ging auf den Baum zu und tatsächlich erkannte er die eingeritzte Kerbe wieder. Hier war er also richtig! Sein Instinkt hatte ihn nicht verlassen. Er kniete sich in den Schnee und fing an, mit bloßen Händen den Schnee beiseite zu räumen. Der Boden darunter war so hart gefroren, dass er es nicht schaffte ein Loch zu graben um seine kleine Kiste mit dem Diebesgut zu vergraben. Jetzt wäre eine kleine Schaufel hilfreich gewesen. Er schaute sich um und fand einen faustgroßen Stein, der halb vom Schnee bedeckt ein paar Meter vor ihm lag. Er krabbelte schnell hin und holte ihn her. Aber er konnte mit dem Stein in dem harten Boden kratzen wie er wollte, bestenfalls kam er ein bis zwei Zentimeter tief. Wie sollte er denn nun die Kiste vergraben? Voller Verzweiflung und Wut von seiner eigenen Dummheit schmiss er den Stein wieder weg und versuchte sein Glück nochmal mit den Händen. Es konnte doch alles nicht wahr sein! Er kam immer mehr in Rage. Seine Fingernägel kratzten auf dem harten Waldboden, rissen immer weiter auf und Blut tropfte in den dreckigen Schneehaufen, der vor ihm lag. Aber das merkte er nicht. Dafür waren sie von der Kälte schon zu betäubt.

Er setzte sich nach einem weiteren erfolglosen Versuch auf und schaute in den Himmel, atmete erst einmal tief durch und lies dann resigniert seinen Oberköper nach vorne fallen um sich mit den Händen auf den Boden abzustützen. Da hörte er am Stamm vor sich ein Geräusch. Sein Blick ging nach oben. Dort ragte ein kleiner Pfeil aus der Rinde. Er neigte den Kopf ein wenig zur Seite, beugte sich nach Vorn und betrachtete den Stamm. Plötzlich kam ihm ein erschreckender Gedanke. Er nahm seine Taschenlampe hoch, die neben ihm im Schnee lag und drehte sich langsam um. Der Lichtstrahl zeigte in die Richtung, aus der er den Schützen vermutete. Ca. 10 Meter hinter ihm stand tatsächlich jemand!

Er schreckte zurück und lies dabei seine Lampe fallen. Sie landete im Schnee, aber leuchtete immer noch in die gleiche Richtung. Der Fremde trug einen Schneeanzug mit weißem Tarnmuster. Das Gesicht konnte er nicht erkennen, da er irgendetwas davor hatte, das wie ein Fernglas aussah. Es war an seinem Kopf festgebunden. In den Händen hielt er irgendwas, das wie ein Gewehr aussah, aber doch kein Gewehr war. Dafür war es vorne zu breit. Wer war das? Was wollte er von ihm? Hatte er ihn beobachtet, als er mit seiner Beute in den Wald rannte? War das die Polizei oder vielleicht ein Soldat? Schließlich lebten sie ja gerade als Erntehelfer auf einem ehemaligen Fliegerhorst der deutschen Luftwaffe.

Er hob seine Arme um zu zeigen, dass er nicht bewaffnet war. Seine Augen fixierten nur die Waffe. Er wollte ihm sagen, dass er nicht schießen solle, dass er sich ergeben wollte, aber der Schreck saß noch so tief, dass er keinen Laut raus bekam. Nur weiße Dampfwölkchen verließen in kurzen Abständen seinen Mund. Der Fremde stand nur da und visierte ihn an.

Plötzlich machte er einen kleinen Schritt nach vorn und sagte: „Waidmannsheil." Dann drückte er ab. Der Pfeil war diesmal besser gezielt. Es sirrte und einen Moment später durchbohrte er das Herz seines Opfers. Der Dieb riss erschrocken seine Augen auf und eine letzte weiße Atemwolke entwich aus seinem Mund. Er fiel vorne über in den Schnee und war tot.

Der Fremde schaute sich seine Beute an. Er konnte sein Glück kaum fassen. Was für ein Zufall! Jetzt musste er nur noch zu sehen, dass die Fußspuren, die von dem Wohnheim hierher führten, beseitig wurden. Nun konnte er seinen Plan endlich verwirklichen. Mit einem Lächeln machte er sich ans Werk.

KAPITEL 1

Die Nacht war fast sternenklar. Nur wenige Wolken bedeckten den Himmel. Die meiste Zeit schien der Mond ungehindert auf den Wald herab. An einigen Stellen war es hell genug, so dass man noch nicht einmal eine Taschenlampe brauchte. Ab und zu hörte man ein Knacken im Unterholz und aus der Ferne rief eine Eule aus dem Wald heraus, aber sonst war es still.

Die Landstraße war bestimmt zwei Kilometer entfernt und auch die Geräusche der Autobahn in der Nähe konnte man kaum hören. Um diese Zeit war sowieso kaum jemand auf den Straßen unterwegs.

„Wir sollten nicht hier sein! Ernsthaft man!"

„Jetzt hör endlich auf damit und komm weiter."

Es knackte unter ihren Füßen, als die drei Teenager durch den Wald liefen. Sie waren zwar nicht direkt im dichten Unterholz, aber der alte Weg war dennoch voller Laub und abgebrochener Äste. Hier lautlos voran zukommen war unmöglich. Der Weg wurde nun etwas breiter und gabelte sich in zwei Richtungen ab.

„Toll. Und jetzt?", fragte Markus.

„Ich denke, dass wir weiter geradeaus gehen." Maik zeigte nach vorne.

„Das gefällt mir gar nicht! Heute ist Vollmond! Ich will nicht von einem Jäger abgeknallt werden!", sagte Ingo. Er war von den Dreien eindeutig der Vorsichtigere.

„Tja, das kommt darauf an, wie auffällig du dich verhältst. Wenn du wie ein Wildschwein durch den Wald rennst, wirst du ratzfatz zur Zielscheibe.", grinste Maik.

„Sehr witzig."

„Da!"

Der Strahl der Taschenlampe zeigte nach vorne.

„Ich habe da was gesehen!" Kaum hatte Markus es ausgesprochen, ging er auch schon los.

„Was denn? Ich seh da nix!"

„Der Baum dahinten. Da habe ich was rot blinken sehen."

Die Schritte wurden schneller und zielstrebig gingen sie auf den roten Punkt zu. Der Waldboden wurde härter und zwischen Gras und Laub sahen sie rote Bodenfliesen.

„Was ist das hier? Sieht wie die Grundmauern eines alten Hauses aus. Hier liegen verbrannte Balken rum. Ist das mal abgebrannt?" fragte Ingo.

„Ich habe mal gelesen, dass hier in der Gegend ein alter Schafskoben stand, der vor Jahren abgebrannt ist. Kann sein, dass es der hier ist. Ich glaube nicht, dass hier jemand gewohnt hat. Dafür sind die Umrisse zu klein." erwiderte Maik.

„Hey!!"

Sie schnellten mit den Köpfen herum. Fast hätte man ihre Herzen klopfen hören. so sehr erschraken sie. „Hier hängt der Hinweis!" rief Ingo.

„Du Idiot! Mach das nie wieder! Ich hab mir vor Schreck fast in die Hose gemacht, man!" Markus war sauer .

„Stell dich nicht so an. Hier hängt ein PETling, darin ist ein Zettel."

Achtet auf die Zeichen. Eines ist anders.

„Was für Zeichen denn", fragte Ingo.

„Keine Ahnung. Hier muss ja irgendwo was sein."

Alle Drei nahmen ihre Taschenlampen und leuchteten in verschiedene Richtungen.

„Hier! Das ist mir vorher gar nicht aufgefallen!", rief Markus, der sich wieder beruhigt hatte. Die anderen Beiden leuchteten auch in die Richtung, in der schon ein Lichtkegel zeigte.

„Wow!"

Vor Ihnen leuchtete eine Menge grüner und gelber Punkte auf. Dutzende Bäume blinkten ihnen entgegen. Man konnte überall ein gewisses Muster erkennen. Es waren immer drei grüne Punkte, die ein auf dem Kopf stehendes Dreieck darstellte und in der Mitte leuchtete ein gelber Punkt hervor.

Sie umrundeten die alten Reste des abgebrannten Gebäudes und gingen direkt auf die Bäume zu. Nach einigen Metern standen sie mittendrin. Wohin sie auch leuchteten, überall sahen Sie diese grünen Dreiecke.

„Das sind ja dutzende Bäume! Stark!" Ingo war begeistert.

„Ja, wirklich geil! Aber wir müssen einen finden, der ein anderes Zeichen trägt, sonst kommen wir nicht weiter. Ich schlage vor, wir verteilen uns. Dann ist die Chance größer, dass wir den Hinweis finden.“, erwiderte Maik ihm.

Sie stoben auseinander und jeder von Ihnen suchte in eine andere Richtung nach dem Zeichen, das anders sein sollte. Nach ein paar Minuten war es gefunden.

„Hier! Ich habe es!“

Zwei Taschenlampenkegel zuckten rum und zeigten in die Richtung, aus der der Ruf kam. Sie alle leuchteten einen dicken Baum an, der anstatt eines grünen Dreiecks einen grünen Kreis zeigte. Das musste das Zeichen sein.

„Kommt her! Hier hängt was!“ rief Markus.

„Pssst! Nun schrei nicht immer so! Wir sollten uns hier ruhiger verhalten.“ moserte Ingo rum.

„Ja ja. Kommt her. Hier ist eine Schnur mit einem Magneten daran.“

Die anderen Beiden waren jetzt auch dazu gekommen und begutachteten den Magneten. Es war ein kleiner Haken, der mit einem Gewinde in einer runden Halterung befestigt war, der etwa die Größe einer 1-Cent Münze hatte. Darin steckte der kleine Magnet. An dem Haken war eine Angelschnur gebunden, die etwa 50 cm lang war. Am Ende der Schnur war eine Schlaufe geknotet und an dieser hing sie in dem Baum an einem kleinen Ast.

„O.k., aber was nun? Wozu ist das? Was sollen wir damit machen?“ fragte Ingo.

„Weiß ich nicht, irgendwas haben wir übersehen. Was ist denn das hier?"

Markus deutete neben sich auf einen kleinen Felsen, der etwa Kniehoch neben dem Baum im Gras lag. Zu zweit hockten sie sich neben dem Stein und untersuchten ihn mit ihren Taschenlampen.

„Aha! Hier ist ein Rohr unter dem Stein in den Boden gelassen worden. Auf dem Deckel ist ein roter Reflektor!"

„Rot ist immer gut. Das ist es.", sagte Maik. Er nahm den Deckel ab und leuchtete in das Rohr.

„Gelb."

„Was?"

„Gelb! Gib mir mal den Magneten." Er nahm in entgegen und lies ihn in das Rohr gleiten, wobei er mit der anderen Hand die Schnur an der Schlaufe festhielt. Es machte einmal *Klack*. Er zog an der Schnur, holte den Inhalt hervor und zeigte den anderen Beiden mit einem Grinsen seine Beute. Er hielt eine Art schwarzes Plastikrohr in den Händen. Der ca. 30 cm lange Stab war von einer Seite offen und innen hohl. Auf der verschlossenen Seite klebte ein gelber Reflektor. Im Rohr selber steckte was drin. Maik zog daran und holte ein weißes, aufgewickeltes Band hervor, das ungefähr 1,5 cm breit war und ca. 1 Meter lang. Er hielt es nachdenklich in den Händen.

„Und? Was steht drauf? Sind das Koordinaten?" fragte Markus ungeduldig.

„Wilde Zeichen. Ich kann daraus nichts lesen. Hier."

Er reichte Markus das Band. Auf beiden Seiten waren Striche zu sehen, die anscheinend mit einem Edding drauf geschrieben worden waren. Es waren aber keine Zahlen oder Buchstaben zu erkennen. Er drehte das Band immer wieder hin und her und schaute es sich von beiden Seiten an. Irgendwie musste man doch da den Hinweis raus bekommen. Aber wie?

Da kam Ihm eine Idee.

„Gib mir mal das Röhrchen."

Maik gab es ihm und er betrachtete das offene Ende. Jetzt sah er, dass dort eine ca. 1 cm lange Kerbe rein geschnitten war. Er hielt ein Ende des Bandes hoch und sah dort einen geraden Strich gemalt, der mit einem kleinen Pfeil gekennzeichnet war. Dieses Ende steckte Markus genau mit dem Strich abschließend in die Kerbe des Röhrchens und fing an, das Band um den Stab zu wickeln.

„Aha! Rätsel gelöst!"

Er hielt das umwickelte Röhrchen hoch, so, dass die andern Beiden es sehen konnten. Aus den Strichen, die vorher unleserlich waren, wurden nun Zahlen. So ergab es einen Sinn.

„Davon habe ich mal gelesen." berichtete Markus. „Man wickelt das unbeschriftete Band um den Stab, schreibt die Zahlen darauf und wickelt es anschließend wieder ab. Ohne einen Stab mit dem gleichen Durchmesser kann man diese Zahlen nicht entziffern. So wurden früher geheime Botschaften von König zu König geschickt."

Die anderen Beiden nickten anerkennend.

„Hier steht's nun ganz deutlich: *FINAL*, gefolgt von der Nordkoordinate. Tippe die mal in dein Gerät ein. Ich schätze, auf der anderen Seite steht die Ostkoordinate."

Markus diktierte Maik die Zahlen, wickelte das Band ab, drehte es um und wickelte es erneut um den Stab.

„Und da haben wir die Ostkoordinate!"

Triumphierend hob er das Rohr und zeigte es den andern Beiden.

„Hast du die KO´s eingetippt? Wie weit ist das Final entfernt?"

Maik tippte noch Zahlen in sein GPS-Gerät, schaute dann in eine Richtung und sagte: „Wir müssen 314 Meter in diese Richtung." Der Strahl seiner Taschenlampe zeigte in die angedeutete Richtung. „Endlich geht's weiter. Los jetzt! Ich will diesen FTF!"

„Keiner Sorge", beruhigte ihn Markus. „Wir werden diese Dose schon noch als erstes finden."

Nachdem sie alles schnell wieder in den Ursprungszustand gebracht hatten, ging es auch weiter. Die Drei mussten nicht mehr weit durch den Wald laufen. Nach ca. 50 Meter lichteten sich die Bäume und sie standen an einem großen Feld.

Ihre Taschenlampen leuchteten umher und schnell entdeckten sie auf der anderen Seite ein paar weiße Reflektoren, die nach rechts weiter führten. Das offene Gelände wurde überquert und die nächtlichen Abenteurer folgten weiter den kleinen Reflektoren, die auf Heftzwecken geklebt in alte Zaunpfähle steckten. Nach ca. 200 Meter kreuzte sich ihnen ein Weg. Dahinter ging anscheinend der Wald weiter.

„Wir müssen ungefähr 50 Meter geradeaus in den Wald rein, da muss dann das Final sein.“, sagte Maik, nachdem er auf die Anzeige seines GPS-Gerätes geschaut hatte. Er leuchtete mit seiner Taschenlampe in die Richtung, die er meinte und alle drei stapften los, um endlich die finale Dose zu finden. Endlich das Logbuch in der Hand halten und sich eintragen. Und das noch als FTF! First To Find. Als Erstes den neuen Nachtcache finden, vor allen anderen, die Schnellsten sein.

Sie waren mittlerweile schon über 3 Stunden unterwegs und müde. Einige gute Rätsel konnten gelöst werden und dadurch kamen sie immer weiter. Bis hier her. Kurz vor dem Final. Es hatte sich richtig gelohnt, hier her zu kommen. Dieser Nachtcache war gut gemacht. Der Owner hatte sich richtig Mühe gegeben und das merkte man auch. Alle Drei waren auf das Final gespannt. Sie wussten nicht, was kommt, aber der bisherige Weg versprach ein tolles Ende.

„Gleich sind wir da. Das Final muss direkt vor uns liegen!“ Maik schaute von dem Bildschirm auf und leuchtete vor sich her. Tatsächlich. Im Dunkeln taten sich ein paar Bäume auf, die in einer Gruppe im Kreis standen. In der Mitte des Kreises konnte man einen Baumstumpf erkennen. Davor war ein kleines Holzschild in den Boden gerammt worden, auf dem stand:

Bitte stehen lassen! Dies ist Teil eines weltweiten Spiels, das Geocaching genannt wird. Weitere Infos gibt es auf www.geocaching.com.

Der Baumstumpf hatte an der Seite ein Zahlenschloss mit vier Zahlenrädchen hängen. Auf der gegenüberliegenden Seite konnte man ein Scharnier erkennen. Offenbar konnte man den Baumstumpf am oberen Ende aufklappen. Aber so war er verschlossen.

„Na toll. Und wie lautet nun der Code zum Öffnen? Ich habe bei keiner Station irgendwelche Zahlen, außer den Koordinaten gesehen." jammerte Ingo.

„Irgendetwas müssen wir übersehen haben. Schauen wir uns hier mal um." sagte Markus.

Tatsächlich lagen zwischen den Bäumen, die im Kreis um den Baumstumpf standen, vier faustgroße Steine. Sie waren teilweise mit Laub bedeckt, so dass sie nicht sofort wahrgenommen wurden. Sie drehten die Steine um und erkannten unter ihnen jeweils eine Zahl, die tief in den Stein geritzt worden war.

„Na also. Vier Steine und vier Zahlen. Jetzt müssen wir nur noch die richtige Reihenfolge raus finden."

Sie versuchten mehrere Möglichkeiten. Nach einigen Minuten hatten sie Erfolg. Es machte *Klick* und das Schloss ging auf. Sie legten das Zahlenschloss zur Seite und öffneten den Baumstumpf, indem sie den oberen Teil einfach aufklappten. Alle Drei schauten atemlos in den Baumstumpf hinein. Aus ihm heraus leuchtete ein blaues Licht in den dunklen Wald hinein. Es waren mehrere kleine blaue Lämpchen eingebaut worden, die angingen, sobald man den Stumpf nach hinten aufklappte. Dafür sorgte ein kleine Schalter am Scharnier, der den Strom des Akkus freigab, sobald der Knopf durch das Öffnen der Klappe gelöst wurde. Die Lämpchen waren in eine kleine Platte eingelassen, die als Boden diente. Und oben drauf lag die typische Dose, die man oft bei einem Geocache fand. Sie hatte an jede Seite einen Verschluss und hatte die Größe einer Brotdose. In Ihr lag das Logbuch, ein ringgebundender Block in DIN A6 Größe, ein Stift und verschiedene Kleinigkeiten aus Überraschungseiern, die als Tauschgegenstände dienten. Durch diese Dose schien das Licht und hüllte die Gesichter der drei Schatzsucher in einen mysteriösen blauen Schein.

„Wow! Geil!"

„Stark gemacht!"

„Schon allein für dieses geile Final gibt's einen Favoritenpunkt!"

Die Dose wurde aus dem Stumpf genommen, damit sie sich endlich in das Logbuch eintragen konnten.

Plötzlich wurde es laut! Etwas schrie auf und es knackte und raschelte laut, nicht weit von den Dreien entfernt. Die Dose fiel auf dem Boden und verteilte seinen Inhalt darauf. Die Jungs sahen sich erschrocken an.

"Macht die Lichter aus!" rief Maik.

Schnell klappten sie den Baumstumpf zu und alle drei knipsten ihre Taschenlampen aus. Etwas Großes rannte auf sie zu. Das Knacken und Rascheln wurde immer lauter. Irgendetwas schnaufte laut, durchbrach einen kleinen Busch direkt vor ihnen, rannte zwischen den Bäumen durch und setzte zum Sprung an. Ein dicker Körper sprang über die Drei auf dem Boden kauernden hinweg und verschwand grunzend im Wald.

"Scheiße! Was war das?!?" rief Ingo.

"Halts Maul! Oder willst du, dass es wieder kommt??", zischte Markus zurück.

Sie blieben noch kurz so liegen und trauten sich kaum zu atmen. Plötzlich hörten sie vor sich Schritte. Jemand kam durch das Unterholz auf sie zu.

"Kommt da jemand?" flüsterte Maik.

"Psssst!" machte sein Freund.

Alle Drei hielten den Atem an und lauschten ins dunkle hinein. Die Schritte kamen näher und hörten plötzlich auf. Die Drei lagen immer noch flach auf dem Boden und trauten sich erst Minuten später sich wieder zu bewegen. Ihre Herzen schlugen bis zum Hals. Vor Angst atmeten sie so laut, dass man es im dunklen Wald gut hören konnte.

"Ich glaube er ist weg, oder?"

"Ich höre auch nix mehr. Lasst uns bloß von hier verschwinden! Schnell!" sagte Ingo völlig verängstigt.

Er hockte sich auf die Knie, knipste seine Taschenlampe an und leuchtete vor sich um zuschauen, ob die Luft rein war. Im ersten Moment konnte er nichts erkennen, da seine Augen sich erst an das helle Licht gewöhnen mussten. In diesem Augenblick bekam er einen Schlag gegen den Kopf. Sofort lief das Blut aus der Platzwunde an seiner Stirn und stöhnend fiel er zur Seite. Seine Taschenlampe rollte über den Boden und leuchtete durch das Laub zwischen den Bäumen durch. Eine große Gestallt stand dort und hielt eine Armbrust in beiden Händen mit dem harten Kolben voran.

"Macht das verdammte Licht aus." zischte er.

Dabei griff er nach unten und fischte die Taschenlampe aus dem Laub. Er machte sie aus und steckte sie in einer der Taschen seiner Weste, die er trug.

"Wieso rennt ihr hier durch den Wald? Ihr verjagt mir meine Beute." Er sprach mit einer dunklen und ruhigen Stimme, während er seine Waffe wieder spannte.

"Ich werde euch zeigen, was es bedeutet, wenn jemand mir meine Beute verjagt."

Mit diesen Worten legte er seine Armbrust wieder an und zielte auf die drei Jungs, die vor ihm auf dem Boden kauerten.

"Bitte! Bitte nicht schießen!" rief Ingo, sprang dabei auf und lief wie von Sinnen los. Er war in Panik geraten und wollte einfach nur weg. Dabei dachte Ingo nicht nach, sondern rannte nur los.

Etwas klickte und ein Sirren war zu hören. Ein kräftiger Schlag traf den Jungen im Nacken und er fiel röchelnd hin. Ein paar Meter schleppte er sich noch weiter und blieb dann leblos im Unterholz liegen.

"Ich habe doch gesagt, dass ihr ruhig sein sollt. Oder etwa nicht?"

Die anderen Beiden lagen ängstlich auf dem Boden und schauten den Mann voller Entsetzen an. Die große Gestalt schaute auf sie herab, während er die Armbrust senkte.

"Und jetzt zu euch beiden."

In dieser Nacht wurde in diesem Teil des Waldes kein Licht mehr angemacht.

KAPITEL 2

Es schepperte laut, als die Tasse mit dem Kaffee auf dem Boden fiel. Thomas Schelling blickte erschrocken von seinem Bildschirm auf und sah dann die Schweinerei auf dem Boden.

„Oh man. Das auch noch.“, murmelte er leise vor sich hin. Schwerfällig hob er sich aus dem Bürostuhl und suchte erst mal die großen Scherben zusammen, der einst sein Kaffeebecher war. Seine Freundin Tanja hatte ihn letztes Jahr von Ihrem Urlaub mitgebracht. Sie war mit einer Freundin für ein verlängertes Wochenende in ein Wellnesshotel nach Emden gefahren und hatte diesen windschiefen Becher mit seinen Namen darauf mitgebracht. Natürlich hatte er sich gefreut. Aber zwischen den Bechern seiner Kollegen im Polizeipräsidium in Oldenburg fiel sie auf, weil sie schräg war. Windschief eben. Ein typisch ostfriesischer Becher, meinte Tanja mal. Aber mittlerweile hatte er sich daran gewöhnt und man konnte schon von weitem sehen, welcher Becher ihm gehörte.

Thomas brachte aus dem Pausenraum eine Küchenrolle mit und wischte den Kaffee auf, der sich neben und unter seinem Schreibtisch mit den Scherben verteilt hatte.

Es war einfach schon zu spät für heute. Eigentlich wollte Thomas etwas früher Schluss machen, denn er hatte ja noch etwas vor. Seine Freundin war an diesem Abend nicht zuhause.

Deswegen hatten er und sein bester Freund Oliver geplant, einen neuen Nachtcache anzugehen. Die Logeinträge im Internet versprachen eine interessante Tour mit ein paar schönen Stationen und die Rätselei sollte auch nicht zu kurz kommen.

Thomas mochte Geocaching. Sein Kumpel Oliver hatte ihn vor knapp zwei Jahren auf dieses Hobby gebracht. Schatzsuche mit Milliardenschwerer Satellitentechnik hatte er ihm erklärt. Man besorgt sich einen GPS-Empfänger, sucht sich einen Cache aus dem Internet und dann geht's auch schon los. Raus in die Natur und ein paar schöne Plätze sehen. Das hatte Thomas gereizt. Endlich mal wieder rauskommen.

Er hatte zwar vor einiger Zeit angefangen, nach Feierabend Joggen zu gehen. Der Wald war direkt vor seiner Haustür, aber irgendwann wollte Thomas auch mal mehr sehen, aber er kannte sich nicht so gut aus in der Gegend.

Er wohnte in Sage. Das kleine und alte Bauerndorf lag im Landkreis Oldenburg und gehörte zur Gemeinde Großenkneten. Thomas wohnte gerne dort. Vor ein paar Jahren hatte er ein ruhiges Plätzchen gesucht, wo er ein kleines, aber schönes Eigenheim hinstellen konnte und in Sage was gefunden. Die Baugrundstücke waren günstig und die Lage sehr schön. Das kleine Baugebiet lag direkt an einem großen Wald und nach der ersten Besichtigung war ihm klar, hier möchte er hin. Die Autobahn war in der Nähe und in 30 Minuten war man schon in Oldenburg am Arbeitsplatz. Ideal.

Kurz, nachdem Thomas mit dem Bauen seines Hauses angefangen hatte, lernte er Oliver kennen. Oliver Heeg war Ende 20, bei der Berufsfeuerwehr in Oldenburg tätig und gebürtiger Sager. Sein Haus stand am Anfang der Straße und als guter Nachbar hatte er Thomas sofort seine Hilfe angeboten. Die Beiden merkten schnell, dass sie auf einer Wellenlinie lagen und freundeten sich an. Aus der anfänglich nachbarschaftlichen Freundschaft wurden dann dicke Kumpels.

Heute Abend wollten sie wieder losziehen um einen Nachtcache zu suchen. Das waren Thomas Lieblingscaches. Die Touren führten meist durch den nächtlichen Wald und man brauchte zumindest eine gute Taschenlampe. Denn zwischen den einzelnen Stationen wurde man oft von kleinen Reflektoren, die auf Heftzwecken geklebt in der Rinde der Bäume steckten, geführt. Zudem waren einige Stationen mit netten Basteleien versehen, die nach ein bisschen Überlegen und Tüfteln dann den Hinweis für das Weiterkommen preisgaben. Diese Kombination von Nachdenken, Technik und Natur war es, das Thomas reizte. Und diesmal gab es einen Nachtcache ganz in ihrer Nähe. Die Beiden konnten mit dem Rad hinfahren und brauchten nicht erst lange Zeit im Auto verbringen. Allerdings war ein guter Nachtcache schon eine kleine Reise wert, aber halt nicht immer. Und das konnte man nur rausfinden, indem man hinfuhr und den Cache suchte.

Endlich hatte er den Kaffee vom Boden gewischt. Das nasse Küchentuch mit den Überresten seines schiefen Bechers schmiss Thomas in den Papierkorb unter seinen Schreibtisch. Feierabend. Er war jetzt zu müde um weiter an seinem Fall zu arbeiten.

In Oldenburg wurden seit zwei Wochen drei Teenager vermisst. Niemand hatte sie mehr gesehen und keiner wusste, ob sie von zu Hause abgehauen waren oder ob ihnen etwas passiert ist. Zwar waren auch ihre Rucksäcke weg, was für das Abhauen von Zuhause sprach, aber man konnte ihre Handys nicht orten. Diese hatten die Jungs aber mitgenommen. Zudem hatten sie keine zusätzlichen Klamotten eingepackt und das sprach gegen die Theorie, dass sie einfach ausgerissen waren. Und da kamen Thomas und seine Kollegen ins Spiel. Sie waren erst ganz am Anfang, aber bis jetzt hatte ihre Recherche nichts ergeben. Das hieß aber noch lange nicht, dass Thomas aufgab. Ganz im Gegenteil. Es wurde knifflig und gerade das spornte ihn an. Genau dies gefiel ihm ja auch am Geocaching. Viele Caches konnte man nur finden, wenn man vorher ein Rätsel löste. Und da gab es wirklich einige harte Brocken.

Aber für heute Abend reichte es mit der Arbeit. Schließlich hatte Thomas gute Kollegen, die weiter machten. Er freute sich erst mal auf eine heiße

Dusche und dann sollte es ab in den Wald gehen. Klar, es war anstrengend für ein paar Stunden im Wald den Hinweisen zu folgen und durch das Unterholz zu laufen, aber er wachte am nächsten Tag immer erholt auf. Es tat ihm einfach gut. Zudem freute er sich auf ein bis drei Bierchen, die Oliver und er nach dem Nachtcachen immer als Belohnung genossen.

Thomas nahm sein Handy in die Hand und schrieb eine Nachricht, dass sein Kumpel in einer Stunde rüber kommen sollte, damit sie endlich in den Wald konnten. Auf die Antwort brauchte er nicht lange warten. Anscheinend saß sein Freund schon auf glühende Kohlen und hatte nur auf diese Nachricht gewartet. Thomas nahm grinsend seinen Rucksack, ging in das Nachbarbüro und wünschte seinen Kollegen noch einen schönen Abend. Dann ging er zum Parkplatz, setzte sich ins Auto und fuhr mit Vorfreude auf den bevorstehenden Abend nach Hause.

KAPITEL 3

Maik öffnete die Augen. Obwohl er sie weit aufriss, konnte er dennoch nichts sehen. Wo war er? Was war passiert? Er konnte sich im ersten Moment an nichts erinnern. Es schüttelte ihm im ganzen Körper. So sehr Maik sich auch anstrengte, er bekam das Zittern nicht im Griff. Er lag auf der Seite. Sein Versuch sich aufzurichten rächte sich sofort, indem eine Schmerzwelle seinen Körper durchflutete. Maik stöhnte auf und er versuchte sich zumindest auf den Rücken zu wälzen. Als er es geschafft hatte und schnaufend da lag, kam seine Erinnerung langsam wieder. Da war dieser Typ, er hatte mit der Armbrust auf Ingo geschossen. Ingo! Scheiße! Wo war Ingo?!

Maik wollte nach seinem Freund rufen, aber sein Mund war so trocken, dass er nur ein Krächzen von sich gab. Sein Hals kratze höllisch und es tat weh. Nun bemerkte er seinen großen Durst. Wasser! Er musste dringend was trinken. Der Durst wurde mit jeder Sekunde schlimmer. Nach einiger Zeit versuchte er mit den Händen umher zu tasten. Der Boden war hart. Es konnte Holz sein. Seine Handinnenflächen rieben über den Untergrund und Maik spürte den Dreck darunter. Wo verdammt nochmal war er?

Jetzt versuchte er es erneut, sich aufzurichten. Der Körper schmerzte immer noch, aber diesmal kam er weiter. Nun saß Maik. Er schnaufte vor Anstrengung und sein Durst wurde nicht weniger. Der Mund fühlte sich an, als ob der Inhalt von zehn vollen Aschenbechern in ihm ausgeleert worden seien. Er stützte sich mit seinen zitternden Armen ab und versuchte auf die Knie zukommen. Da stieß er mit seinem Kopf gegen ein Hindernis. Er stöhnte auf und ließ sich wieder auf den Hintern fallen. Jetzt kam ihm ein Gedanke. Maik breitete seine Arme aus und er versuchte zu fühlen. Die Hände berührten kaltes Eisen. Links neben ihm. Rechts neben ihm. Er drehte sich langsam und auch direkt hinter ihm fühlten seine Hände kalte Eisenstäbe. Plötzlich kam die Gewissheit und durchflutete ihn! Sein Magen krampfte sich zusammen. Er war in einem Käfig eingesperrt! Maik öffnete seinen Mund und es war ihm egal, wie weh es tat. Er presste die Luft heraus, so gut er konnte: „Hilfe!“. Sein Hals kratzte höllisch, aber er rief so laut er konnte. In Wirklichkeit war es kein Ruf, sondern nur ein leises Krächzen, das kaum zu hören war.

Plötzlich polterte es und eine Tür schwang krachend auf. Der plötzliche Lichteinfall schmerzte Maik so sehr in den Augen, dass er sie sofort schloss und eine Hand vor das Gesicht hielt. Er spreizte etwas die Finger und lugte ein wenig hindurch. So konnte er die Silhouette eines Menschen erkennen, der in der Tür stand. Um ihn herum war gleißendes Licht. Die Gestalt kam zwei Schritte vor und schloss die Tür hinter sich. Der Raum wurde wieder dunkel.

„So, du bist also wach.“ hörte Maik eine dunkle Stimme. Etwas klapperte und er bekam eine Ladung eiskaltes Wasser ins Gesicht. Jetzt setzte die Panik ein. Seine Hände suchten die Gitterstäbe und er rüttelte daran. Maik rüttelte um sein Leben.

KAPITEL 4

Auf dem Heimweg war Thomas noch kurz von der Autobahn abgefahren, denn er hatte Hunger und deshalb besorgte er sich noch schnell drei Hamburger am Drive-In einer Fastfood-Kette. Den Ersten hatte er gleich schon im Wagen verschlungen, aber das war mal wieder keine gute Idee gewesen. Er hatte öfters mal Probleme beim Schlucken. Irgendwie war sein Hals wohl zu trocken. Wenn er nicht etwas zu trinken dabei hatte, konnte es mal passieren, dass etwas von dem Essen im Hals stecken blieb und nicht in den Magen rutschte. Normalerweise war das Problem mit einem Schluck Wasser gelöst, aber vor ein paar Jahren musste seine Freundin ihn abends ins Krankenhaus fahren, denn ein Stück Entenbrust steckte fest und nichts ging mehr. Luft bekam er ohne Probleme, aber das Gefühl im Hals mochte er überhaupt nicht. Nichts ging mehr rein oder raus. Im Krankenhaus bekam er eine Halbnarkose und er lag zwei Stunden auf dem Behandlungstisch bei einer Magenspiegelung. Schön war so was nicht. Aber alles wäre nur halb so schlimm gewesen, wenn das Ganze nicht an Heiligabend passiert wäre.

Das restliche Abendessen und die gemütliche Bescherung bei seinen Eltern fielen komplett aus und bis heute war ihm seine Freundin deswegen sauer. Zumindest ein wenig. Sie gab es zwar nicht zu, aber Thomas merkte es schon, wenn diese Geschichte mal wieder auf dem Tisch kam. Also aß er seine restlichen Hamburger lieber zuhause mit einem Glas Cola in Reichweite.

Etwas Zeit hatte er noch. Deswegen ging er unter die Dusche. Das heiße Wasser tat Thomas gut. Es entspannte seine Muskeln. Er war gerne bei der Polizei, aber lieber im Außendienst. Es gab aber nun mal Tage, da saß er die meiste Zeit in seinem Büro am Computer, um zu recherchieren und zu telefonieren. Aber diese Stühle... Sie waren grausam. Nach langen Tagen im Innendienst war er oft total verspannt. Thomas hatte schon vor einiger Zeit darauf aufmerksam gemacht, dass diese alten Bürostühle eine Zumutung waren, aber wie so oft wurden solche Probleme aufgeschrieben, um diese dann auf die lange Bank zu schieben. Für alles Mögliche und Unmögliche war Geld da. Aber für solche elementaren Dinge ganz offensichtlich nicht. Vielleicht saß er dafür einfach zu wenig in seinen Stuhl.

Thomas war gerade dabei seinen Rucksack für den bevorstehenden Nachtcache zu packen, als sein Smartphone sich meldete. Er schaute auf das Display und las nur ein Wort: *Klopf*. Er ging zur Seitentür seines Hauses und schloss auf, damit Oliver rein konnte. So machten sie es immer. Wenn sie sich gegenseitig besuchten, schrieben sich die Beiden ein kurzes *Klopf* oder *Knock*, damit die Tür auf war, wenn sie bei dem jeweils Anderen vor dem Haus standen. Das war halt eine Macke von den Beiden.

„Naaa? Alles klar?“ rief Oliver aus dem Hauswirtschaftsraum ins Haus. Thomas war gerade dabei, in der Küche die Batterien seiner Taschenlampen zu wechseln.

„Moin Olli! Komm rein. Bin gleich fertig.“ erwiderte Thomas.

„Sehr gut. Ist ja auch schon spät genug. Ich habe heute richtig Lust einen guten Cache zu machen. Ich freu mich schon den ganzen Tag darauf.“ Oliver war gut gelaunt. „Hoffentlich sind heute keine anderen Cacher bei dem Nachtcache. Ich mag das nicht, wenn man im Rudel durch den Wald läuft. Das macht die ganze Atmosphäre kaputt und gut ist es für das Wild garantiert auch nicht. Ein Kamerad aus der Feuerwehr ist Jäger. Der hat mir einmal erzählt, dass diese ganze Cache-Geschichte Nachts im Wald nicht gern gesehen wird.“

„Kann sein.“, erwiderte Thomas, „Aber wir beide verhalten uns ja schon so ruhig wie möglich und trampeln auch nicht wild im Unterholz rum. Es gibt halt immer schwarze Schafe. Wieso sollte das hier anders sein.“

„Schon richtig.“ bestätigte Oliver ihn. „Trotzdem bin ich lieber zu zweit im Wald. Dann kann man in Ruhe die Stationen machen. Ohne Zeitdruck. So. Wie weit biste?“

„Fast fertig.“ sagte Thomas. Seine Taschenlampe und seine Stirnlampe hatten nun wieder frische Batterien. Ersatzbatterien waren auch verstaut. Er packte noch eine Flasche Wasser ein und begutachtete noch einmal prüfend alle Utensilien, die man für das

Nachtcachen gebrauchen konnte: GPS-Gerät, Smartphone, Handschuhe, Stabtaschenlampe, Stirnlampe, eine kleine Taschenlampe mit Schwarzlicht, falls ein Hinweis mit einem UV-Marker geschrieben wurde, Zettel plus Stift, der kleine Spiegel am ausziehbaren Stab, ein bisschen Schnur und noch ein paar andere Sachen, die man möglicherweise gebrauchen konnte.

Die Erfahrung hatte gezeigt, dass man auf alles vorbereitet sein musste. Sonst konnte es sein, dass man nicht weiterkam und den Heimweg antreten musste und so was war einfach nur ärgerlich.

Alles war nun in seinem Rucksack verstaut. Thomas schlüpfte in seine Schnürstiefel, zog sich seine Outdoor Jacke über und schaute zu Oliver, der schon ganz ungeduldig in der Tür zur Küche stand.

„So. Fertig. Meinetwegen können wir los." grinste er seinen Freund an.

„Na endlich!", stöhnte Oliver. „Und weil du mal wieder nicht daran gedacht hast, habe ich für uns das Erste-Hilfe-Pack aus dem Auto eingesteckt."

Das musste man Oliver ja lassen. Er war ein kleiner Draufgänger und um keinen Spruch verlegen, aber in solchen Sachen blieb er ernst. Das war Thomas schon oft aufgefallen. Wahrscheinlich hing das mit seiner Arbeit bei der Feuerwehr zusammen. Aber genau wegen solchen Dingen schätzte er seinen Freund sehr.

Wenn man Nachts in den Wald ging, war die Gefahr schon relativ groß, dass man sich verletzten konnte. Auch wenn es nur eine kleine blutende Wunde war, die man sich an einem Ast holte. Sie waren einfach besser beraten, wenn man sich vernünftig vorbereitete.

Thomas zeigte Oliver seinen hochgestreckten Daumen.

„Sehr gut. Du denkst an alles." Er schloss sein Haus ab und holte sein Rad aus dem Schuppen.

„Auf geht's!"

Sie schwangen sich auf ihre Räder und fuhren die Straße hoch, um dann am Ende links in den Weg abzubiegen, der in den Wald führte. Kurz waren noch die beiden roten Rücklichter zusehen, bis sie in eine leichte Kurve fuhren. Danach wurde es wieder dunkel auf dem Weg.

Der Boden war etwas härter als sonst, denn es hatte vorher etwas gefroren, aber das war ok. So kamen sie mit ihren Rädern auf dem sandigen Boden besser voran. Nach einigen hundert Metern kamen sie an einem Weg vorbei, der links abging.

„Weißt du noch? Das ist die alte Zufahrt zum Blockhaus.", sagte Oliver.

„Ja, ich kann mich erinnern. Der ganze Wald schien blau zu leuchten, durch die ganzen Feuerwehrfahrzeuge, die hier standen." erwiderte Thomas.

„Das war aber auch ein Einsatz! Hoher Schnee, der Hydrant ewig weit weg und dann wurde der alte Koschitzki gefunden, vor zwei Jahren."

„Zwei Jahre ist das schon her? Man, wie die Zeit vergeht." wunderte sich Thomas.

Er konnte sich noch sehr gut erinnern, was damals hier los war. Es war Mitte Dezember. Er saß abends vor dem Fernseher, als die Feuerwehrsirenen im Dorf losgingen. Kurze Zeit später konnte er die Martinhörner hören und das Blaulicht sehen, die auf der Straße hinter seinem Grundstück in den Wald führte. Es schien gar nicht mehr aufzuhören. Zusätzlich wurden noch andere Ortswehren aus der Gemeinde dazu alarmiert. Wenn man in den Wald fuhr, kam nach kurzer Zeit auf der linken Seite eine schmale Auffahrt, die gute 200 Meter rauf führte. Am Ende stand ein Blockhaus.

Der alte Koschitzki wohnte dort sehr zurück gezogen. Er war seit vielen Jahren schon verwitwet und war mit der Zeit ein Trunkenbold geworden, den man kaum noch vors Gesicht bekam. Thomas hatte ihn selber noch nie gesehen und kannte diesen Typen nur vom Hören-Sagen. An diesem Abend brannte sein Blockhaus komplett nieder. Bei den Aufräumarbeiten wurde dann in den Resten des Schlafzimmers seine verkohlte Leiche gefunden. Sie war bis zur Unkenntlichkeit verbrannt und es war kaum etwas übrig. Der alte Trinker musste besoffen eingeschlafen sein und dabei eine seiner Zigarren angehabt haben.

Thomas erinnerte sich auch deswegen an diese Geschichte, weil niemand zu der Beerdigung kam. Der alte Mann tat ihm Leid. Solch ein Ende hatte niemand verdient.

Bald hatten die beiden Nachtcacher diesen Teil des Waldes durchquert. Der Sandweg war nun gepflastert und endete auf einer geteerten Straße, die man von der Landstraße aus befahren konnte. Allerdings war diese bestimmt einen halben Kilometer entfernt, so dass die Beiden ungestört in Richtung des Nachtcaches fuhren. Nach 10 Minuten Fahrzeit kamen sie an.

„Stopp! Hier zeigen die Koordinaten hin." rief Oliver. Sie hielten an und schauten sich erst einmal um. Der Abend war sehr dunkel, am Himmel war kein Mond zusehen. Das einzige Licht in der Gegend kam von ihren Fahrrädern. Sie holten ihre Taschenlampen raus und leuchteten in die Runde. Vor ihnen tat sich eine Kreuzung auf. Der Weg nach rechts führte zu einer Brücke, die über die Autobahn in der Nähe ging. Geradeaus konnte man parallel zur Autobahn am Rand des nächsten Waldstückes fahren. Aber der Pfeil auf dem GPS-Gerät zeigte nach links.

„Wir müssen einige Meter nach links in den Weg rein." sagte Oliver. „Irgendwo hier auf der Ecke sollte die erste Station sein."

Thomas leuchtete mit seiner Lampe in die Richtung, die Oliver beschrieben hatte. Der Weg führte wieder in den Wald hinein. Gleich am Anfang musste was zu entdecken sein. Sie stellten ihre Räder an einen Baum am Straßenrand und schlossen sie zusammen ab. Oliver holte seine Stirnlampe aus seinem Rucksack und setzte sie auf. Solch eine Lampe war unerlässlich bei solch einer Tour. Oft genug musste man die Hände frei und dabei Licht haben. Wenn man irgendwo hoch klettern musste, war eine Taschenlampe in der Hand doch sehr hinderlich.

Thomas tat es ihm gleich und Beide suchten die nahe Umgebung nach einem Hinweis, meist einen Reflektor, ab. Nach wenigen Minuten hatten sie diesen gefunden. Eine kleine Heftzwecke mit einem roten reflektierenden Aufkleber darauf steckte in zwei Meter Höhe in einem alten abgestorbenen Ast.

„Da haben wir doch was." sagte Oliver. Thomas kam dazu und holte aus seiner Jackentasche einen gefalteten Zettel raus. „Ich habe uns vorhin noch eben schnell das Listing ausgedruckt." sagte er. Das Listing ist die Beschreibung eines Caches. Darin stehen alles an Informationen, die der Suchende braucht. Er las laut den letzten Satz vor: „Sucht bei Rot und lasst euch von Weiß führen."

Oliver nickte. Er ging zu dem Baum, in dem der rote Reflektor steckte und untersuchte diesen. Thomas kam dazu und leuchtete den alten Stamm mit seiner Lampe an. Nach ein paar Minuten hatten sie den gesamten Baum abgeleuchtet, aber nichts gefunden. Aber das war noch lange kein Grund, um aufzugeben. Schließlich hatten sie ja gerade erst angefangen.

„Wir sollten den Suchradius etwas ausweiten." sagte Thomas.

Sie leuchteten auf den Boden, rings um den Baum herum. Normalerweise war der Hinweis für die nächste Station im Umkreis von höchstens fünf Meter zu finden.

Auf dem Boden lagen einige faustgroße Steine, dicke Äste und einige kleine Baumstümpfe waren zu sehen. Oliver stieß versuchsweise einige Stümpfe mit seinem Fuß an, aber da tat sich nichts. Die waren fest verwurzelt. Thomas ging in die Hocke und drehte einige Steine um, aber an diesen Steinen war auch nichts zu erkennen. Er stand wieder auf und fegte mit seinen Schuhen ein paar kleine Haufen mit braunem Laub zur Seite. Unter einem Haufen wurde er dann fündig. Sein Schuh stieß gegen einen Stein, der etwa so groß wie zwei Fäuste war und halb verdeckt da lag, aber nicht weg rollte. Das konnte was sein. Er hob den Stein an und entdeckte unter ihm einen Art Deckel, der an der Unterseite des Steines angeschraubt war. Der Steindeckel steckte auf einem grauen Rohr mit etwa 5 cm Durchmesser. Das Rohr war im Waldboden eingelassen. Thomas rief Oliver zu sich und sie schauten sich die Sache genauer an. An dem Deckel hing an der Unterseite eine Schnur. Diese Schnur war ungefähr 30 cm lang und an ihr war eine alte, verrostete Mutter gebunden. Oliver nahm seine Lampe und leuchtete in das Rohr hinunter.

„Da unten liegt was drin! Aber wie bekommen wir es raus? Mit der Hand kommen wir da nicht rein." Oliver probierte es versuchshalber, aber mehr als drei Finger bekam er nicht in das Rohr.

„Vielleicht hat es was mit dieser Mutter an der Schnur zu tun." überlegte Thomas. Er steckte den Deckel wieder auf das Rohr und hob diesen dann wieder an. Aber es passierte nichts. So saßen sie nun einige Minuten auf dem Waldboden und überlegten, wie sie den Gegenstand aus dem Rohr holen konnten. Dabei spielte Thomas mit der Schnur, die an dem Steindeckel befestigt war, gedankenverloren rum, als er plötzlich einen Magneten in der Hand hielt. Da erst ging ihm ein Licht auf. Aber natürlich! Der Deckel war mit einer dicken Schraube an die Unterseite des Steins fest geschraubt worden. Und an eben diesen Kopf, der ein wenig in die Deckelunterseite raus ragte, hielt sich ein kleiner Magnet. An diesem Magneten war dann die Schnur befestigt. Thomas hielt die verrostete Mutter mit der einen Hand fest und lies dann den Magneten in das Rohr fallen. Es klackte einmal und der Gegenstand konnte rausgezogen werden. Es war ein sogenannter PETling.

Das waren Rohlinge von PET-Flaschen, die später unter Druck und Hitze zu der endgültigen Flaschengröße aufgeblasen wurden. Sie waren in dieser Form vergleichbar mit Reagenzgläsern und wurden mit herkömmlichen Plastikschraubverschlüssen zugedreht. Man konnte sie in allen möglichen Arten von Caches finden.

An der Innenseite dieses Schraubverschlusses war eine kleine Mutter von der Innenseite geklebt worden und daran konnte sich der Magnet dann festhalten.

„Hey, das ist nicht schlecht gemacht. Da muss man erst mal drauf kommen! Gefällt mir jetzt schon gut, dieser Nachtcache.“ Olivers grinsen reichte bis zu seinen Ohren.

„Zeig mal. Was steht denn da?“

Thomas hielt das längliche Gefäß hoch und beide leuchteten es an. Da es durchsichtig war, konnte man gut einen Zettel darin sehen auf dem ein Satz stand:

GEHT WEITER IN RICHTUNG OSTEN.

Sie schauten auf ihre GPS-Geräte. Diese enthielten natürlich auch einen elektronischen 3-Achsen Kompass. Sie sahen sofort, dass sie den Weg weiter laufen mussten, den sie an der Kreuzung eingeschlagen hatten.

Thomas lies den PETling wieder in das Rohr fallen und befestigte den Magneten an der Schraube von der Deckelunterseite. Danach steckte er den Deckel samt den daran befestigten Stein wieder auf das Rohr und alles sah wieder aus, wie vorher. Sie rafften sich auf und gingen den Weg zu Fuß in Richtung Osten weiter. Beide waren begeistert.

Der Start versprach eine interessante Nacht zu werden.

KAPITEL 5

Er saß an seinem Tisch und war wütend. Wieso liefen in letzter Zeit so viele Leute durch sein Revier? Ständig wurde seine Beute verjagt. Zwei von diesen Kids hatte er erschossen. Es war zwar mal eine Abwechslung, aber diese ganze Sache wieder zu beseitigen war mühsam. Und wenn dann noch die Bullen deswegen kämen und den ganzen Wald absuchen würden, womöglich auch noch brüllend und lärmend! Nee! Nicht mit ihm!

Er schlug mit der Faust auf den alten Tisch. Die Flaschen die darauf standen klapperten. Eine war soweit an den Rand gerückt, dass sie durch den Schlag einen kleinen Satz machte und zur Seite kippte. Gerade als sie fiel, schnellte seine Hand vor und er fing die Flasche auf, bevor sie auf den Boden zerschellen konnte. Ruhig. Bleib ganz ruhig. Das bist du bisher auch geblieben.

Er zog den Korken raus und nahm einen kräftigen Schluck. Die schmerzhafte Erinnerung kam wieder hoch. Wie konnten sie ihm so etwas antun! Jahrelang war er doch dabei gewesen. Er hatte oft genug seine Zeit für die Jagd geopfert. Seinen Urlaub, seine Wochenenden, seine Ehe. Alles war nur zweitrangig. Er nahm einen weiteren, größeren Schluck.

An erster Stelle kam in seinem Leben die Jagd. Es war seine Leidenschaft. Schon immer gewesen. Er konnte sich noch gut daran erinnern, als er als Junge bei seinem Großvater mit durfte. Bei den ersten Malen musste er immer bei seinem Opa bleiben. Später dann durfte er als Treiber die Viecher vor sich her treiben, bis er die Schüsse hörte. Da wusste er jedes Mal, dass wieder eins von ihnen getötet wurde.   Je älter er wurde, desto faszinierter war es für ihn. Sobald er 18 Jahre alt war, machte er seinen Jagdschein und bekam von seinem Großvater seine erste Büchse. Was war er stolz! Das alte Foto, auf dem er mit dem Gewehr und seiner ersten erlegten Wildsau zu sehen war, hatte er immer noch. Fast jeden Tag schaute er es sich an und die Erinnerungen an diesen stolzen Tag kamen in ihm hoch.

Wenn es um die Jagd ging, war er Feuer und Flamme. Er engagierte sich im örtlichen Hegering, wie er nur konnte. Jahre später hatte er es bis zum zweiten Vorsitzenden gebracht.

Seine Frau musste hinten anstehen. Die Beiden hatten keine Kinder. Zum einen, weil er keine wollte und zum anderen weil seine Frau nicht konnte. Sie wünschte sich sehr, Nachwuchs zu bekommen, aber sie wollte einfach nicht Schwanger werden. Warum wussten sie nicht, denn sie gingen selten zum Arzt. Er verbat es ihr. Wenn sie krank wurde, dann war das eine Sache, die niemanden etwas anging. Das war etwas Persönliches. Und dann wahrscheinlich auch noch im vollen Wartezimmer bei den Tratschweibern sitzen, die sowieso schon ihre Mäuler über ihn und seine Frau zerrissen. Nein. Die Hausapotheke reichte vollkommen aus. Außerdem gab es genug Kräuter im Wald, die halfen immer. Außer beim Schwanger werden. Aber das war ihm eigentlich ganz recht.

Und dann kam der Tag, an dem sie ihn raus schmissen! Ihn! Den zweiten Vorsitzenden! Undankbares Pack! Er hatte den ganzen scheiß Verein so weit gebracht. Er ganz alleine und das war der Dank?!? Sie verstanden ihn einfach nicht. Es war ihm schon lange nicht mehr genug, einfach nur ein bisschen pirschen und dann Schießen, ewig auf dem Hochsitz zu kauern und warten, bis eins von den Viechern vorbei kam. Es reizte ihn nicht mehr. Er wollte mehr. Eines Tages besorgte er sich ein Nachtsichtgerät. Dann kamen die Automatikwaffen dazu. Die großen Fallen, die er auslegte, waren auch gut. Er genoss es, wenn eins von den Viechern in die Falle geraten war und nun rum zappelte, aber nicht weg kam. Oft nahm er dann seine neuste Errungenschaft, eine moderne Armbrust, und erlöste dann das Tier. Die Bolzen konnte er manchmal sogar wieder benutzen. Diese Waffe war nicht laut und auch relativ leicht. In Verbindung mit dem Nachtsichtgerät war er sehr effektiv damit. Und genau das störte seine Jagdgenossen. So was sei nicht richtig... Eine Unart sogar! Man müsse dem Tier doch auch eine Chance zur Flucht lassen. Eine Chance! Wozu? Haben diese Mistkerle ihm denn eine Chance gelassen? Nein! Bei der Jahreshauptversammlung war es dann soweit. Anscheinend hatten sie sich mehrmals heimlich und ohne ihn getroffen und entschieden, dass er für sie nicht mehr tragbar war. Seine Art zu jagen machte auch schon die Runde und es fiel immer wieder auf die anderen Jäger zurück. Und so konnte es einfach nicht mehr weitergehen. Also wurde entschieden, den 2. Vorsitzenden raus zu schmeißen und sogar dafür zu sorgen, dass er seinen Waffenschein abgeben sollte. An dem Abend saß er nur mit offenem Mund da und konnte einfach nicht glauben, was er da hörte. Und dann auch noch vor versammelter Mannschaft. Dies war eine zu große Demütigung. Enttäuscht und vor allem wütend ging er früher als geplant nach Hause. Als er ankam und in das Wohnzimmer ging, fand er seine Frau auf dem Boden. Sie lag auf dem Rücken und ihre Augen starrten weit aufgerissen zur Zimmerdecke. Aus ihrem Mund tropfte Erbrochenes.

Später stellte sich heraus, dass sie einen Schlaganfall bekommen hatte. Anscheinend konnte sie sich nicht mehr festhalten und stürzte. Sie erbrach sich und erstickte anschließend daran. Es war ein schlimmer Tag.

Aber nun verschloss er sich. Man bekam ihn nur noch selten zu Gesicht. Es schien sich kaum jemanden zu interessieren, wie es ihm ging. Aber das war ihm auch recht. So hatte er seine Ruhe. Er begann bald darauf Nachts zu Wildern. Dies war das Einzige, was ihn noch am Leben hielt.

Bei einer seiner nächtlichen Touren geriet er immer tiefer in den Wald. Man konnte sich immer wieder wundern, wie großflächig der Wald war. Ohne tiefer gehende Kenntnisse und seinen ausgedehnten Entdeckungstouren, konnte man sich schnell verirren. Er war froh, dass hier kaum jemand her kam. Irgendwann fand er diese alte Hütte. Wie lange es sie schon gab, wusste er nicht. Er hatte auch vorher noch nie davon gehört. Wer auch immer sie gebaut hatte, diese Person war anscheinend schon lange weg. Die Tür war nicht abgesperrt und so schaute er sich in ihr um. Sie war komplett aus Holz gebaut und schaute recht stabil aus. Innen war sie geräumig und hatte insgesamt drei Räume.

Den Größten betrat er gleich durch die Eingangstür, die sich links an der Stirnseite befand. Er schätzte die Fläche auf ca. 20-25 m². Links und rechts gab es jeweils ein kleines Fenster. Als er den Raum durchquerte, fand er am Ende zwei Türen. Die Linke führte zu einer Art Plumpsklo in einem kleinen Raum, der gerademal groß genug war, um sich darauf zu setzten ohne die Knie zu stoßen. Die rechte Tür führte in einen weiteren Raum, der allerdings etwas kleiner als der Erste war. Dies schien eine Art Lagerraum zu sein, der allerdings kein Fenster hatte.

Die komplette Hütte war leer geräumt und bestimmt schon seit Jahren nicht mehr in Benutzung gewesen. Wozu sie einmal gedient hatte, konnte er nur raten. Trotz des Alters war sie gut in Schuss. Aber eigentlich war das auch egal. Jetzt hatte er sie gefunden und damit einen idealen Rückzugsort! Natürlich musste noch einiges organisiert werden um darin zu leben, aber hier würde man ihn nicht finden und vor allem zufriedenlassen. Kein Lärm, kein Gelaber. Nur er und die Natur, die darauf wartete, von ihm ab geballert zu werden. Und deswegen duldete er keine Eindringlinge!

Jetzt fasste er eine Entscheidung. Die ganze Scheiße mit dieser Schatzsuche musste nun ein Ende haben. Es war sein Wald und absolut niemand hatte dort etwas zu suchen. Er stand auf und ging in die Ecke, um mit einem alten Eimer zurück zu kommen. Draußen gab es eine alte Wasserpumpe. Zu der ging er hin und füllte den Eimer zur Hälfte mit eiskaltem Wasser. Danach ging er wieder rein und direkt auf eine Tür zu, die sich im hinteren Teil seiner Hütte befand. Dabei stolperte er über ein aufgerolltes Seil, das auf dem Boden lag. Mit einem Tritt wurde es zur Seite befördert und er riss die Tür auf. Für einige Sekunden blieb er im Türrahmen stehen, damit sich seine Augen an die Dunkelheit dahinter gewöhnen konnten. In den Raum stank es erbärmlich. In einer Ecke standen mehrere Käfige. Sie hatten verschiedene Größen. Die meisten waren leer. Aber einer von den Größeren war besetzt. Darin erkannte er eine Gestalt, die aufrecht saß. Jetzt ging er zwei Schritte in den Raum und schloss die Tür hinter sich. „So, du bist also wach." sagte er mit ruhiger und dunkler Stimme zu der in dem Käfig sitzenden Gestalt. Dabei nahm er seinen Eimer in beide Hände und leerte diesen über den Käfig aus. Der Junge darin bekam die volle Ladung über seinen Kopf. Sofort fing der Kleine an, heiser zu Brüllen und rüttelte wie wild an den Gitterstäben des Käfigs.

„Willst du wohl ruhig sein!", schrie der alte Mann. „Mir reicht es mit eurem Lärm! Ständig seid ihr laut! Wo man auch hinkommt, überall lauft ihr durch meinen Wald und verjagt mir meine Beute! Und jetzt muss ich mich auch noch mit euch hier rumschlagen! Verdammte Kids! Ich setzte dem jetzt ein Ende. Es reicht!" Er nahm sich eine Eisenstange, die neben einem der Käfige an der Wand lehnte und schlug kräftig gegen die Gitterstäbe vor ihm. Dabei fiel etwas aus seine Hosentasche und rutschte unbemerkt hinter einem Käfig.

Sofort wurde es still. Der Junge darin ließ die Gitterstäbe los, verkroch sich in eine Ecke und machte sich so klein wie möglich. Plötzlich roch es nach Urin. Der Bengel hatte sich doch tatsächlich in die Hose gepisst!

„Sieh zu, wie du das wieder sauber kriegst." murmelte der Mann. Er nahm sich einen kleinen Hocker und setzte sich direkt vor dem Käfig. Dann beugte er sich zu dem verängstigten Jungen vor und sagte: „Jetzt will ich wissen, wo überall diese scheiß Basteleien sind. Und wehe, du vergisst eine..."

KAPITEL 6

„Ach du Sch...!" rief Oliver erschrocken auf, als er sich umdrehte und der Strahl seiner Taschenlampe auf das Gesicht traf.

„Ganz ruhig bleiben, Olli!" grinste Thomas ihn an. „Das ist doch nicht echt." Sie waren mittlerweile an Station 2 angekommen. Wieder hatte ein roter Reflektor angezeigt, dass hier die nächste Koordinate zu finden war, um weiter zu kommen. Genau wie der erste Reflektor steckte auch dieser in einem Baum in ca. zwei Meter Höhe. Direkt darunter war ein Stück Rinde befestigt, auf der Rückseite stand der Hinweis:

ACHTUNG! HINTER DIR!

Thomas las es vor und Oliver erschrak sich. Er war sonst überhaupt nicht schreckhaft, aber heute schien er wohl aus irgendeinem Grund ein wenig nervös zu sein.

Sie standen auf einen kleinen Trampelpfad im Wald. Genau auf der anderen Seite des kleinen Weges stand ein Baum und in diesem war ein buntes Gesicht mit verschieden farbigen Reflektoren gesteckt worden.

„Ja ja, das weiß ich auch, dass es nicht echt ist, du Witzbold." gab er zurück. Thomas grinste nur weiter und dachte sich sein Teil. Sie untersuchten den Baum mit dem Gesicht und bald fanden sie kurz über dem Boden eine weitere Rinde aufgehängt, auf dessen Rückseite die

Koordinaten zum Weiterkommen standen. Beide gaben die Zahlen in ihre GPS-Geräte ein. Der Weg musste weiter gegangen werden und sie machten sich auf, immer weiter in den Wald hinein.

„Hier kommen wir langsam in eine Gegend, die ich auch nicht so gut kenne." gab Oliver zu. „Ich bin gespannt, wo wir nachher raus kommen."

„Ich bin nur froh, dass wir die GPS-Geräte dabei haben." sagte Thomas. Sein Freund brummte nur ein: „Jau." und ging mit langen Schritten vor.

Mittlerweile waren sie schon eine ganze Zeit unterwegs und drangen immer weiter in den Wald ein. Die Bäume standen hier dichter beieinander und es lag mehr Holz auf dem Boden, als zu Anfang. Allerdings brauchten sie nicht durch das dichte Unterholz laufen, denn die Koordinaten führten die Suchenden ständig auf einen kleinen Weg weiter, der zwar schon ziemlich zugewachsen, aber dennoch gut zu erkennen war. Der Owner dieses Nachtcaches hatte hier und da 2 Reflektoren an den Bäumen verteilt, die etwas tiefer im Wald standen. Leuchtete man zufällig darauf, sah es aus, als ob zwei Augen aus dem Dickicht einen entgegen blickten. Thomas und Oliver fanden diese Idee sehr gut, denn es tat zur Atmosphäre des Nachtcaches einiges dazu. Sie fühlten sich permanent beobachtet und sie blickten sich doch ein paar Mal mehr um, als sie es sonst taten. Aber genau das machte ja einen guten Nachtcache aus. Der dunkle Wald, allein in der Natur und das Ganze in der Dunkelheit der Nacht. Man lief stundenlang durch den Wald und am Ende war man müde und meist dreckig. Nur um eine Tupperdose mit einem Logbuch zu finden. Schon seltsam. Aber es machte Spaß. Wichtig war nur, dass man sich im Wald auch benahm. Denn man ist nicht allein. In der Natur ist mal selten allein.

Auch in dem Moment, als sich die beiden Schatzsucher der nächsten Station näherten, waren sie nicht alleine. Ganz in ihrer Nähe gab es ein Augenpaar, das sie beobachtete. Aber davon bekamen Thomas und Oliver nichts mit. Sie waren in ein Gespräch über den letzten Nachtcache vertieft, als plötzlich ein Piepen die beiden unterbrach. Es war das GPS-Gerät von Thomas. Es zeigte damit an, dass sie sich der eingegebenen Koordinate näherten.

„Hier muss irgendwo der nächste Reflektor sein“ sagte Thomas und leuchtete mit seiner Taschenlampe umher. Oliver tat es ihm gleich und Beide suchten die Umgebung nach einem roten Punkt ab. Nach mehreren Minuten hatten sie immer noch nichts gefunden, was ihnen weiter half. Aber so leicht gab man nicht auf. Jetzt umzudrehen und nach Hause zu fahren wäre Unsinn gewesen. Dafür waren sie schon zu weit gekommen. Also suchten sie weiter. Nach einer halben Stunde waren Beide frustriert und setzten sich auf einen umgefallenen Baum und tranken erst mal was.

„So ein Mist. Das gibt's doch nicht. Hier muss doch irgendetwas sein! Ich hoffe nicht, dass irgendwelche Tiere den Reflektor abgeknabbert haben. Dann können wir wirklich umdrehen." sagte Oliver sichtlich genervt und trat dabei einen kleinen Stein weg. Thomas saß da, sein Gesicht in die Hände gestützt und überlegte, wie es weiter gehen könnte. Der Weg, den sie bislang gefolgt hatten, war mittlerweile nur noch ein dünner Trampelpfad, aber er war noch zu erkennen.

„Vielleicht ist ja wirklich der Reflektor runter gefallen. Wir könnten dem Pfad weiter folgen und hoffen, dass wir dann zufällig auf die nächste Station treffen. Das klappte doch schon einmal. Weißt du noch?" sagte Thomas und leuchtete mit der Taschenlampe vor sich her.

„Ja. Es hat ja schon mal geklappt. Also los." stöhnte Oliver und stand auf. Sie nahmen ihre Rucksäcke und wollten gerade weiter gehen, als es hinter ihnen knackte. Sie zuckten vor Schreck zusammen und drehten sich um. Zwei weiße Strahlen leuchteten in das Unterholz, wo das Geräusch her kam. Aber es war nichts zu sehen.

„Man! Hab ich mich erschrocken! Was war das?" fragte Oliver.

„Keine Ahnung." sagte Thomas, während er die Bäume vor sich ableuchtete. „Aber es muss ja etwas größer gewesen sein. Das Knacken kam von keinem Ästchen. Das war was Dickeres. Ich geh mal hin und schau nach. Das interessiert mich jetzt." Neugierig stapfte er durch das Unterholz in die Richtung, wo er den Ursprung des Geräusches vermutete. Er war nun bestimmt 20 Meter gegangen, als ihm etwas auffiel.

„Hey Olli! Komm mal her!“ rief er seinen Freund zu.

„Was ist? Hast du was gefunden?“ Oliver folgte Thomas und schaute in die Richtung, die Thomas mit seiner Taschenlampe anzeigte.

„Sieh mal.“

Der Strahl endete an einem Baum ein paar Meter vor ihnen und in dessen Rinde war ein weißer Reflektor gesteckt.

„Na? Was sagst du nun? Hier geht's weiter.“ sagte Thomas und freute sich, endlich was gefunden zu haben, das die Beiden weiter brachte.

„Hm.“ überlegte Oliver. „Bisschen schlecht zu finden ist der ja, meinst du nicht?“

„Kann sein. Aber vielleicht ist ja tatsächlich der Reflektor am Weg abgefallen, der uns hier her lotsen sollte. Aber jetzt haben wir den ja gefunden und ich würde sagen, hier geht's weiter.“ versuchte Thomas Oliver zu überzeugen.

Sie gingen ein paar Meter weiter und erleuchteten tatsächlich tiefer im Wald einen weiteren Reflektor.

„Na gut.“ grinste Oliver. „Auf geht's!“

Endlich ging es weiter. Motiviert bahnten sie sich den Weg durch das Unterholz und folgten den Reflektoren. Sie lagen zwar ziemlich weit auseinander, aber dennoch wurde ihnen der weitere Weg angezeigt. Dabei drangen sie immer tiefer in den Wald ein. Einen Pfad gab es schon länger nicht mehr. Aber das war ja auch nicht schlimm. Die Reflektoren zeigten ihnen ja, wo sie lang gehen mussten.

„Ich mag es nicht, wenn wir hier so durch das Unterholz müssen. Wege sind mir lieber." moserte Oliver nach einer kleinen Weile. „Stell dir vor, hier kommen noch zig andere Cacher durch, wie es hier dann aussieht! Gut ist so was nicht."

Thomas lief einige Meter vor ihm und strich immer wieder größere Äste, die zu tief hingen, beiseite, damit sie durch konnten.

„Ja, ich weiß, was du meinst. Gut finde ich es auch nicht. Aber jetzt sind wir schon mal hier. Wir sind so weit gekommen, dann will ich nicht aufgeben. Das ist auch nicht Sinn der Sache."

„Ja, schon gut. Hast ja recht."

Sie kamen immer tiefer in den Wald rein. Die Reflektoren waren schwer zu finden, aber es gab welche, alleine das war schon ausreichend, um sich nicht zu sorgen. Schlimmer wäre es gewesen, nichts mehr zu finden. Dafür waren sie schon zu tief in die Nacht und in den Wald vorgedrungen. Auf ihre GPS-Geräte hatten beide schon länger nicht mehr geschaut. Sie verließen sich ausschließlich auf die Reflektoren, die sie führten.

„So langsam kann aber mal wieder ne Station kommen, meinste nicht, Thomas?"

Doch. Er war der gleichen Meinung. Reflektoren waren ja super, aber die alleine machten einen guten Nachtcache nicht aus, fand er. Stationen mussten auch dabei sein. Am besten irgendwelche Spielereien, bei denen man gut überlegen musste, um an den nächsten

Hinweis zu kommen. Das fehlte ihm bei diesem Nachtcache schon ein wenig. Zudem ermüdete das Laufen durch das Unterholz. Es war anstrengend, wenn man nicht gerade auf einen guten Weg lief.

„Ich schlage vor, bei der nächsten Gelegenheit, wo wir uns vernünftig hinsetzen können, machen wir eine kleine Pause." Das war eine gute Idee, dachte Oliver und holte, neu motiviert, mit der Aussicht auf eine Pause, zu seinem Freund auf.

Ein paar Minuten liefen sie weiter und hielten Ausschau nach einem guten Plätzchen. Da tauchte etwas im Schein der Taschenlampen auf. Wenige Meter vor ihnen steckte ein kleines Gebilde im Boden. Oliver kniete sich hin und sah zwei dicke Äste, die mit einer Schnur zusammen gebunden waren. Vor den Beiden ragte ein Holzkreuz aus dem Boden.

„Was soll das denn jetzt?" fragte Thomas.

„Keine Ahnung, aber hier hängt ein Zettel dran..." Oliver beugte sich tiefer um das Stück Papier entziffern zu können. Dann las er vor: *„Hier ruht ein Störenfried. Er war zu laut*."

„Ok. Hier sind wir auf jeden Fall richtig, aber lass uns jetzt die Pause machen, bevor wir weiter gehen. Ich habe Durst." schlug Thomas vor.

„Na, meinetwegen. Ich habe auch schon einen ganz trockenen Mund." sagte Oliver.

Sie nahmen ihre Rucksäcke ab und setzten sich auf einen umgestürzten Baum, der ein paar Meter entfernt lag. Die Rucksäcke stellten sie vor sich ab und Beide holten ihre Flaschen mit Wasser hervor.

„Ich finde die Idee mit dem Kreuz und dem Grab ja ganz gut, aber irgendwie passt es hier nicht hin, oder? Ich meine, der Cache fing gut an, nette Basteleien und so, aber nun sind wir bestimmt ne Stunde unterwegs, kaum Reflektoren und dann plötzlich dieses Kreuz mit der eigenartigen Nachricht darauf. Irgendwie passt es nicht zusammen." überlegte Thomas. Oliver schaute sich die Stelle mit dem Kreuz von ihrem Platz aus an.

„Findest du auch, dass es so aussieht, ob die Erde vor dem Kreuz aufgewühlt ist? Der Owner hat echt an alles gedacht. Richtig unheimlich. Was meinst du, ob wir hier eine Leiche finden, wenn wir ein wenig graben?" Oliver stieß seinen Freund mit dem Ellbogen an und grinste dabei. Thomas verschluckte sich ein wenig und fing zu husten an. „Pssst!" machte sein Freund. „Oder willst du, dass hier noch zwei Gräber dazu kommen?"

„Du hast wohl nen Clown gefrühstückt, was?" konterte Thomas. „Ich wühle doch jetzt garantiert nicht im Dreck rum. Ich finde die Idee mit dem Kreuz und dem Grab im Wald gar nicht schlecht. Das bringt ein wenig mehr Spannung rein, finde ich. Und was wäre, wenn hier wirklich eine Leiche liegen würde? Dann müsste ich meine Kollegen rufen und wir würden niemals zum Final kommen. Und das wäre doch zu schade, oder?"

„Naja gut. Lieber das Final finden, als irgendwelche Leichen. Da gebe ich dir Recht." Oliver setzte die Flasche an und trank in großen Zügen das Wasser. Als er fertig war, schaute er

nach Oben und rülpste einmal kräftig in den Nachthimmel.
„Na, der war aber nicht von schlechten Eltern." lobte Thomas ihn. Sichtlich stolz nickte Oliver ihm zu und streckte seine Beine aus. Jetzt hatte er wieder bessere Laune.

Gar nicht so weit weg von ihnen, bewegte sich lautlos ein Schatten. Hinter einem Baum saß jemand und beobachtete ganz ruhig, was die Beiden da am Holzkreuz trieben. Dabei hatte er seine Armbrust angelegt und zielte immer wieder mit dem Zielfernrohr abwechselnd auf die Köpfe von den beiden Geocachern. Wenn er wollte, konnte er die beiden Krachmacher sofort und hier erschießen. Aber er hatte noch mehr mit ihnen vor. Ein bisschen Spaß zur Abwechslung wollte er wohl noch haben, bevor er diese Störenfriede aus seinem Wald beseitigte.

„Ok. Lass und schauen, wie es weiter geht. Die ganze Nacht wollte ich jetzt nicht im Wald verbringen." sagte Oliver. Er packte seine Wasserflasche wieder in den Rucksack und schnallte ihn sich auf den Rücken. „Ja, ich auch nicht", erwiderte Thomas und schaute sich dabei um, indem er seine Taschenlampe in alle Richtungen hielt, um einen Reflektor oder ähnliches zu finden, damit die Beiden weiter konnten. Oliver stand auf, stöhnte dabei gespielt laut in den nächtlichen Himmel und tat so, als wenn sein Rucksack mindestens 50 Kilo schwer sein würde. „Na, denn man auf!"

Die beiden Freunde liefen mindestens eine halbe Stunde umher und strahlten alle Bäume und Büsche an, um einen Reflektor oder einen Hinweis zu finden. Aber es gab absolut nichts, dass sie weiter brachte. Frust machte sich langsam breit.

„Mensch, das gibt's doch nicht! Hier muss doch irgendwas sein. Ich hoffe ja nicht, dass irgendwelche Viecher den nächsten Reflektor abgeknabbert haben. Dann können wir nämlich umdrehen." Oliver wurde langsam maulig. Geduld war nicht gerade seine Stärke. „Lass uns doch nochmal das Holzkreuz untersuchen. Vielleicht haben wir nur was übersehen." schlug Thomas vor und ging zurück zu ihrem Rastplatz. Sein Kumpel ließ die Arme hängen und trottete hinterher. Das machte so keinen Spaß. Herausforderungen beim Cachen waren toll, aber wenn man absolut nicht weiter kam, weil irgendein Hinweis fehlte, war das sehr frustrierend und er freundete sich schon mit dem Gedanken an, wieder umzukehren und zuhause mit seinem Freund ein bis drei Frustbierchen zu heben. Aber noch sagte er nichts.

Thomas hockte schon bei dem Kreuz und betrachtete es von allen Seiten. „Irgendein Hinweis muss es hier doch geben. Ich meine, das Kreuz steht doch nicht einfach so hier. Irgendeine Bedeutung muss es für das Weiterkommen doch haben." überlegte er laut. Oliver stand hinter ihm, seine Daumen hinter den beiden Rucksackträgern vor seiner Brust gesteckt und schaute sich an, wie Thomas das Grab untersuchte. „Was soll das mit dem *Störenfried* auf dem Zettel..." dachte er nach und wühlte dabei mit seinem Stiefel die Erde auf, die locker vor dem Holzkreuz lag. Da er in Gedanken war, fiel ihm gar nicht auf, dass er immer tiefer dabei vorstieß, bis er einige Zentimeter später mit der Stiefelspitze gegen eine Wurzel stieß. Ein paar Mal trat er leicht dagegen, als ob sich das Hindernis davon entfernen ließe und schaute dann neugierig nach unten. Erst erkannte er nicht, was er da sah, denn es lag zu viel Dreck drauf. Er zog sich seine Handschuhe an und ging in die Hocke. Grob schaufelte er die Erde bei Seite und schrie plötzlich erschrocken auf: „SCHEIßE!!!"

Sein Ruf hallte durch den Wald. Oliver stolperte nach Hinten und war kreidebleich. Thomas verstand erst nicht, was passiert war und schaute zu seinem Freund. „Was ist los?!? Was hast du?" Mit weit aufgerissenen Augen schaute Oliver erst ihn an und dann langsam in das Loch, welches er gerade mit den Füßen geschaufelt hatte. Thomas folgte seinem Blick und wurde ebenfalls Kreidebleich. Vor ihnen ragte ein Kopf halb aus dem Dreck. Eindeutig waren die Haare und ein bisschen von einem Ohr zusehen. „Du Scheiße!" keuchte Thomas, „Das hier ist tatsächlich ein Grab! Scheiße!" Oliver schaute ihn an. „Wer zum Teufel ist das und wer um alles in der Welt vergräbt hier so tief im Wald eine Leiche?!? Los, wir müssen sie ausgraben!"

„Nein!" rief Thomas, „Nichts mehr anfassen! Sonst könnten wir wichtige Spuren vernichten! Ich muss meine Kollegen anrufen. Die müssen sofort hierher kommen!“ Er wühlte in seine Hosentasche rum und zog sein Handy raus.

Plötzlich knackte es hinter ihnen und sie hörten eine fremde Stimme: „Lass das verdammte Handy aus.“

Erschrocken wirbelten Beide rum. Hinter ihnen stand ein Mann in Tarnanzug und richtete eine Waffe auf sie. Auf dem Kopf trug der Fremde ein Nachtsichtgerät, welches er aber hochgeklappt hatte. Dennoch konnte man sein Gesicht schlecht erkennen.

„Wer sind sie?!“ rief Thomas. „Haben sie die Leiche hier vergraben?“

„Ruhe jetzt! Wieso müsst ihr immer nur so laut sein? Habt ihr schon mal irgendwelche Tiere gesehen, die so durch den Wald trampeln, wie ihr? Die womöglich sogar Taschenlampen haben und alles aufschrecken müssen? Ich noch nicht! Dafür sehe ich in letzter Zeit aber umso mehr Menschen, die genau das tun! Meine Ruhe stören und die Beute aufschrecken. Meine Geduld ist am Ende. Der da unten war auch so ein Störenfried.“ Dabei zeigte er mit seiner Waffe auf das Grab hinter Oliver und Thomas. „Und nun wird er nicht mehr stören. Ganz einfach.“

Thomas schaute von dem Grab auf und dem Mann ins Gesicht: „Sie haben ihn umgebracht weil er im Wald zu laut war und hier vergraben?! Wer sind sie überhaupt? Wir müssen hier nichts überstürzen!“ Er versuchte Herr der Lage zu werden und den Fremden zu beruhigen. Dabei fiel ihm auf, dass dieser Kerl im Tarnanzug kein Gewehr, sondern eine Armbrust trug. „Hören sie, es muss nicht noch mehr passieren. Ein Toter ist doch schon genug!“ Beschwichtigend hob er seine Hände. Das Handy hielt er immer noch in der Rechten. „Werfe endlich das Telefon weg! Es müssen nicht noch mehr Leute hier im Wald sein! Schmeiß es zu mir rüber!“ Dabei zielte er auf Thomas. „Ist ja ok!“ erwiderte dieser und warf sein Handy in Richtung des Fremden. Allerdings nicht direkt vor seine Füße, sondern ein paar Meter vor ihm. Er witterte eine Chance, sobald er versuchen würde, das Gerät aufzuheben. Dann musste es schnell gehen. Mit wenigen Schritten würde er bei dem Kerl sein und ihn überwältigt haben. Nicht umsonst hatten sie bei der Polizei etlicher solcher ähnlichen Szenen schon oft geübt.

Der Mann machte gerade einen Schritt vor, als Oliver unwillkürlich einen Schritt zurück trat und mit seinem rechten Fuß in das Loch geriet, in dem der Kopf der Leiche frei geschaufelt war. Oliver fiel nach hinten weg. Zeitgleich löste sich ein Schuss aus der Armbrust und verfehlte ihn nur knapp. Sofort legte der Mann einen neuen Bolzen auf und spannte die Sehne seiner Waffe. Thomas reagierte sofort. Er lief auf dem Fremden zu, aber der hatte seine Waffe schon wieder angelegt und zielte auf Thomas. Er wich zur Seite aus und rannte zurück zu Oliver. Er packte seinen besten Freund an den Schultern, richtete ihn auf und gab ihm einen Schubs. „Lauf!“ rief Thomas und rannte los. Dabei hörte er, wie der Fremde erneut schoss. Bei der Flucht peitschten ihm die Zweige ins Gesicht, aber das war egal. Sie mussten weg von hier!

Der Mann im Tarnanzug rannte nicht hinterher und blieb stehen. Er brauchte noch nicht einmal das Nachtsichtgerät runter klappen. Diese beiden Witzfiguren waren so laut und durch diese Kopflampen derart sichtbar, da brauchte er sich keine Sorgen machen, dass er sie verlieren würde. Das Beste war ja, dass sie sogar in die richtige Richtung liefen. Von ganz alleine! Ok, sie hatten die Leiche des Jungen gefunden, aber sie würden eh den Wald nicht mehr lebend verlassen. Deswegen machte er sich deswegen auch keine großen Gedanken. Er trat an das Grab heran und schaufelte mit seinem Stiefel das Loch wieder zu. Dann nahm er das Holzkreuz, schnitt mit einem Taschenmesser die Bänder los und warf die beiden Stöcker ins nächste Gebüsch.

„Ab jetzt kannst du weiter in Frieden ruhen, Junge." sagte er leise und grinste dabei. Er stieg über das Grab und wollte gerade weiter, als seine Augen etwas auf dem Boden erspähten. „Ach. Sieh mal einer an, " sagte er zu sich selber, „da hat wohl jemand etwas vergessen..."

KAPITEL 7

Maik lag auf dem Rücken und hatte Kopfschmerzen. Er hatte wieder kurz geschlafen. Oder lange. Er wusste es nicht. Sein Zeitgefühl hatte sich schon lange verabschiedet. Aber egal wie lange er schlief, erholt war er auf keinen Fall. Der Schlaf war jedes Mal traumlos. Kurz nach dem Erwachen gab es diese 2-3 Sekunden, in denen er nicht wusste, wo er war. Dann war er ruhig und die Welt noch in Ordnung. Bis ihn die Erkenntnis einholte. Wie ein Schlag in den Magen kam sie und jedes Mal wurde ihm schlecht dabei. Dieser Käfig, der Gestank, die Dunkelheit und die Enge. Langsam aber sicher wurde er wahnsinnig. Wie lange sollte er denn noch hier drin eingesperrt sein? Auf was wartete Maik eigentlich? Auf den Tod? Darauf, dass dieser Kerl ihn frei lies? Nein. Darauf brauchte Maik sicherlich nicht hoffen. Ihm war einfach noch zu gut in Erinnerung, was mit Ingo passiert war. Und was mit Markus war, das wusste er auch nicht. Lebte er noch oder war er schon irgendwo im Wald verscharrt? Wenn ja, warum war ausgerechnet er noch am Leben? Braucht dieser Verrückte ihn noch für irgendetwas?

Maik hatte eine Menge Zeit zum Überlegen. Und trotz seiner ausweglosen Situation gab er nicht ganz auf und er überlegte, wie er hier raus kommen konnte. Er hatte schon versucht, an dem Käfig zu rütteln, irgendwo eine Tür oder ein Schloss zu fühlen. Aber seine Finger fanden nichts, womit man aus diesem Gefängnis raus kam. Zudem wurde Maik immer schwächer. Er bekam kaum was zu Essen und zu Trinken. Zweimal hatte dieser Typ ihm harte Rinde von einem alten Brot in den Käfig geworfen und einen kleinen Napf mit Wasser dazu gestellt. Aber das Wasser darin reichte noch lange nicht, seinen Durst zu stillen. Er konnte sich damit seine Lippen befeuchten, die furchtbar rissig geworden waren und ein bisschen Trinken. Das Nass tat seiner geschwollenen Zunge und dem Hals gut. Aber es war einfach zu wenig. Das alte und trockene Brot tat sein Übriges dazu. Vielleicht verdurstete er ja hier drin. Vertrocknete nach und nach. Bald würde er da liegen und einfach zu Staub zerfallen. Er stellte sich vor, wie nur noch seine Klamotten in dem Käfig lagen und unter ihnen ein großer Haufen Staub. Wie eine alte Mumie, die nach 3000 Jahren gefunden wurde und bei der ersten Berührung zerfiel. Seine Gedanken wurden immer finsterer und es zog ihn nach Unten.

Wie eine Mumie... So ein Unsinn! Maik schüttelte den Kopf. Bloß nicht aufgeben. Wenn der Typ ihn umbringen wolle, hätte er es doch schon längst getan, oder nicht? Er hatte also noch was mit ihm vor, sonst würde er ja kein Wasser bekommen. Er hätte ihn doch einfach erschießen können. Aber das hatte er eben nicht. Stattdessen brachte er ihn hier her. Das konnte noch nicht das Ende sein. Etwas Hoffnung keimte in Maik auf. Da war wieder etwas, woran er sich festhalten konnte. Ein klitzekleiner Lichtpunkt in der Finsternis. Das war gut. Es gab ihm etwas Kraft.

Er setzte sich auf und versuchte wieder mit den Händen zu fühlen, ob irgendetwas im nahen Umkreis des Käfigs lag, was ihm helfen konnte. Aber seine Finger fanden wieder nichts. Er tastete über den Boden vor ihm und neben ihm, aber da war einfach nichts. Ihm fiel ein, dass er sich noch nicht umgedreht hatte, da seine Schmerzen es nicht zugelassen hatten. Jetzt versuchte er es erneut. Maik drehte seinen Oberkörper zur Seite und sofort durchflutete ihn der Schmerz durch den Oberkörper.

Aber diesmal gab er nicht auf. Er drehte sich weiter und stützte sich dabei mit den Händen auf dem Boden ab. Bald hatte er sich zur Hälfte gedreht. Nun musste sein Unterkörper mit ziehen. Er stöhnte dabei auf, denn diese Bewegungen hatte er schon lange nicht mehr gemacht und sie taten weh. Unter normalen Umständen konnte jedes Kleinkind sich drehen und nach einem Spielzeug greifen, das hinter ihm lag. Aber hier war es eine Qual. Dennoch gab Maik nicht auf und nach gefühlten endlosen Minuten hockte er auf allen Vieren. Er kroch ein paar Zentimeter nach Vorn, bis sein Kopf an die Gitterstäbe stieß. Dann streckte er seinen rechten Arm raus und fühlte den Boden ab, der direkt vor ihm lag. Aber da war einfach nichts. Genau wie an den anderen Seiten fühlte er nur den dreckigen Boden und... was war das? Seine Finger berührten einen Gegenstand, der direkt vor dem Käfig lag. Maiks Herz begann schneller zu schlagen. Er fühlte etwas und bald wusste er genau, was es war. Er griff danach und holte es in den Käfig. Das konnte ihm helfen! Wenn das nächste Mal dieser Scheißkerl zu ihm kam, würde sich das Blatt wenden. Da war Maik sich nun sicher. Jetzt war er hellwach und er wartete, dass sich die Tür zu diesem Raum endlich wieder öffnete.

KAPITEL 8

Das Holz knackte unter ihren Füßen, als sie durch das Unterholzen rannten. Sie waren wieder laut, aber diesmal war es den beiden egal. Panik setzte ein und Sie mussten erst mal weg von hier. So schnell wie möglich. Schon nach kurzer Zeit waren sie völlig orientierungslos. Immer wieder schaute sich Thomas um und versuchte zu sehen, ob ihr Verfolger immer noch hinter ihnen her war. Aber in der Dunkelheit des Waldes konnte er nichts erkennen.

„Warte, Oliver!" rief er seinem Freund hinterher, der mit einigem Abstand vor Thomas her lief und sich wie wild mit seinen rudernden Armen die Äste der kleineren Bäume und Büsche aus dem Gesicht schlug.

Der Wald erstickte beinahe in der Finsternis der Nacht. Doch die Strahlen der beiden Kopflampen zuckten wild hin und her, beinahe wie ein heißes Messer in der Butter, schnitten die Lichtkegel die Dunkelheit vor ihnen auf und gaben den Weg frei. Schon von weitem sah und hörte man sie.

Es würde ein leichtes sein, die Beiden zu verfolgen.

„Nun warte doch! Wir müssen die Lampen ausmachen und zusammen bleiben!"

Keuchend rannte er Oliver hinterher, denn er hatte Angst, dass sie sich in der Panik verloren und dann jeder auf sich allein gestellt sein würden. Das wäre nicht gut, überhaupt nicht gut! In dieser Situation der Panik befürchtete er, dass die Nacht ewig anhalten könnte und er für immer alleine im Wald bleiben würde. Sie mussten wieder zur Ruhe kommen und durchatmen. Aber das wichtigste war, dass sie zusammen blieben.

Nach endlosen Minuten der wilden Flucht ging Oliver die Luft aus und er wurde langsamer, bis er schließlich stehen blieb, sich nach vorne beugte und mit den Händen auf seinen Knien abstützend heftig durchatmen musste.

„Dieses Arschloch!“ hustete er. „Dieses verdammte Arschloch hat auf mich geschossen!“ Er setzte sich erschöpft auf den Boden und nahm seinen Rucksack ab und betrachtete ihn. Es steckten tatsächlich zwei kurze Armbrustbolzen darin. Bei dem Ersten hatte er den Aufprall gespürt, aber wann wurde er das zweite Mal getroffen? Es musste bei der Flucht passiert sein. Zweimal hatte dieser Typ auf ihn geschossen! Zweimal! Und der blöde Rucksack hatte sein Leben gerettet. Das konnte doch alles nicht wahr sein!

Sein Atem ging immer noch heftig und Müdigkeit breitete sich in ihn aus. Er war erschöpft und wollte erst einmal was trinken. Als Oliver seinen Rucksack öffnete um die Wasserflasche rauszuholen, legte sich plötzlich eine Hand auf seine Schulter. Er erschrak heftig, wirbelte herum und versuchte gleichseitig mit seinen Füßen nach dem Angreifer zu treten.

„Hau ab! Hau ab!“ schrie er dabei voller Panik und wurde von einem hellen Licht geblendet. Er rollte sich zur Seite und sprang dann auf die Füße, um sich besser verteidigen zu können. Da erkannte er seinen Freund. Thomas stand mit ausgebreiteten Armen da und versuchte ihn zu beruhigen.

„Hey Oliver! Ich bin´s nur! Ganz ruhig!"

„Scheiße man! Thomas! Scheiße man!!" schrie Oliver seinen besten Freund an und war aber gleichzeitig erleichtert, dass es nicht der Irre mit der Armbrust war.

„Ich hätte mir fast in die Hose gemacht!" Oliver fuhr sich mit einer zitternden Hand durch sein Gesicht und setzte sich wieder auf den Boden. Er zog sich seinen Rucksack ran, holte die Wasserflasche raus und nahm einen großen Schluck.

„Wir müssen die Kopflampen ausmachen. So sind wir hier von Weiten sichtbar."

„Spinnst du?!" sagte Oliver und tippte dabei mit dem Zeigefinger an die Stirn, „Dann sitzen wir hier völlig im Dunkeln!"

„Willst du erschossen werden? Lass uns die Lampen erstmal ausmachen und dann überlegen wir weiter.", versuchte Thomas seinen Freund zu beruhigen.

„Zweimal hat der auf mich geschossen! Zweimal! Hier schau mal!" Oliver hob seinen Rucksack hoch und zeigte auf die beiden Bolzen, die immer noch darin steckten. „Hätte ich den verdammten Rucksack nicht getragen, dann würden diese verdammten Pfeile in meinem verdammten Rücken stecken!"

„Pssst!" machte Thomas mit dem Finger vor dem Mund. „Nicht so laut! Lass uns erst die Lampen ausmachen und dann überlegen wir, wie wir weiter vorgehen. Gib mir mal dein Handy. Ich musste meins ja abgeben..."

Oliver wühlte in seinem Rucksack und suchte nach seinem Smartphone.

„Verdammt." Er schaute Thomas an und griff dann mit der rechten Hand in den Rucksack. Mit der linken umfasste er den Bolzen und zog daran. Nach ein wenig ruckeln hatte er den Pfeil befreit und warf ihn auf den Boden. Danach zog er langsam sein Handy aus dem Rucksack. Man konnte ein großes Loch erkennen. Er hielt das Gerät vor seinen Augen und konnte das enttäuschte Gesicht seines Freundes da durch sehen.

„Dieses verdammte Arschloch hat mein Handy kaputt gemacht!"

„Mist!" entfuhr es Thomas. „Wie soll ich jetzt meine Kollegen rufen? Wir müssen zusehen, dass wir aus dem Wald kommen und ein Telefon finden."

„Ich habe keine Ahnung, wo wir hier sind!" Oliver schaute sich um und versuchte sich zu orientieren. Davon abgesehen, dass sie mitten im Wald saßen und es stockduster war, hatte er sowieso schon seine Probleme mit der Orientierung gehabt, als es noch heller war. „Wir können quasi in jede Richtung gehen, irgendwann muss der Wald ja sein Ende haben. Soweit ab können wir doch gar nicht sein!"
Ihre Lampen hatten sie immer noch an.

Die Lichtstrahlen konnte man von weitem durch die Baumreihen sehen. Es war einfach zu leicht. Eine Herausforderung war das noch nicht. Deswegen wollte er es auch noch nicht beenden. Sie hatten sich gewehrt und er konnte hinterher und seine Beute jagen. Das gefiel ihm. Einfach nur zielen und schießen konnte jeder. Zudem hatte er noch einige Überraschungen in der Hinterhand. Er wollte sie unbedingt ausprobieren. Ein bisschen Spaß haben, bis danach endlich wieder Ruhe in dem Wald herrschte. Seinem Wald.

Die nächste Herausforderung bestand nun darin, seine Beute in die richtige Richtung zu locken. Er jauchzte leise auf und es kribbelte ihm im Magen. Ein klein wenig Abwechslung tat mal ganz gut.

KAPITEL 9

Thomas schaute sich um und versuchte etwas in der dunklen Tiefe des Waldes zu erkennen. Sie saßen hier auf dem Präsentierteller. Dieser Verrückte konnte jeder Zeit hinter dem nächsten Baum hervorspringen und sie angreifen. Er traute dem Typen alles zu. „Pass auf, Olli. Wir nehmen unsere GPS-Geräte und sehen zu, dass wir zum nächstgelegenen Waldrand kommen! Dann muss da ja irgendwo eine Straße oder vielleicht ein Haus stehen. Dort rufen wir dann meine Kollegen zur Hilfe! Aber Hauptsache erst mal raus aus dem scheiß Wald!"

Seine Finger wühlten in der Tasche seiner Jacke, aber sie fanden nicht das Gesuchte. Hastig nahm er seinen Rucksack und kniete sich hin. Aber auch da fand er sein GPS-Gerät nicht. Jetzt klopfte er alles an sich ab, dann durchsuchte er nochmal den Rucksack und kippte ihn dann verzweifelt komplett aus. Aber sein Gerät blieb verschwunden. „Scheiße!!" Verzweifelt schaute er zu seinem Freund, der immer noch auf den Bolzen in seiner Hand schaute. „Bitte sag mir, dass du dein GPS noch hast!" Oliver schaute auf und schien erst nicht zu verstehen, was sein Freund von ihm wollte. Er war noch zu sehr in Gedanken und geschockt, dass tatsächlich auf ihn geschossen worden war. „Was..?" fragte er halb abwesend. „Dein GPS-Gerät Oliver! Ich finde meins nicht! Hast du dein GPS-Gerät bei dir?!" Thomas schaute seinem

Kumpel fest in die Augen. Oliver schien nun zu verstehen. „Mein... ach du Kacke! Wo ist mein GPS?? Warte!“ Er sprang auf und klopfte seine Kleidung ab. Die Hände schnellten von eine Tasche in die nächste. Dann nahm auch er seinen Rucksack vor. „Mein GPS... mein GPS...“ murmelte er dabei vor sich her. Plötzlich hielt er mitten in der Bewegung inne. Sein Kopf schnellte hoch und er schaute starr geradeaus. Thomas erschrak so sehr, dass er instinktiv einen Schritt zurück stolperte. „Olli! Was ist...?!“ Oliver drehte seinen Kopf in Thomas Richtung. „Scheiße! Ich habe mein Gerät beim Grab liegen lassen! Wir hatten doch ne Pause gemacht und dabei habe ich es auf dem Boden gelegt um was zu trinken...“

„Kerl! Musst du mich denn so erschrecken!“ fuhr Thomas seinen Kumpel an. „Ich dachte gerade, dieser Typ hätte dir in den Rücken geschossen!“

„Hat er doch!“ rief Oliver zurück. „Zweimal! Hier! Siehst du?“ Er bückte sich und hob die beiden Bolzen auf, die er kurz vorher aus dem Rucksack und seinem Smartphone gezogen hatte und fuchtelte damit vor Thomas Augen rum.

„Ist ja gut. Aber du bist nicht verletzt. Das ist doch jetzt die Hauptsache.“ Thomas versuchte seinen aufgebrachten Freund zu beruhigen. Dabei überlegte er fieberhaft, wie sie nun weiter vorgehen sollten.

„Ok. Die Geräte sind nun weg. Mist. Zurück können wir auf keinen Fall. Ich habe auch keine Ahnung, wo wir hier sind. Wir haben nur zwei

Möglichkeiten. Entweder warten wir, bis es hell wird und suchen dann einen Weg aus dem Wald oder wir laufen jetzt einfach los und hoffen so schnell wie möglich an den Waldrand zu gelangen. So groß kann der Wald doch nicht sein. Wir müssen nur gut aufpassen und leise sein. Allerdings sind wir auf unsere Taschenlampen angewiesen und damit gut sichtbar für den Verrückten."

Oliver hatte sich wieder etwas beruhigt und schaute Thomas an.

„Ich werde keine Sekunde länger als nötig hier bleiben. Wer weiß, wo dieses Arschloch gerade ist. Wahrscheinlich steht er hinter dem Baum dahinten und zielt schon lange auf uns und wartet nur ab, bis... ach was weiß ich, bis wir hier fertig sind und weiter wollen..." Dabei schnaufte er leise auf und schaute zu dem dicken Baum, den er gerade gemeint hatte. Dabei kniff er seine Augen etwas zusammen und richtete mit seiner Hand die Kopflampe, damit er besser in die Richtung gucken konnte. Von einer zur anderen Sekunde schien sich sein Puls zu verdoppeln!

„Scheiße! Lauf!!!"

Thomas drehte sich um und schaute nun auch zu dem Baum. Halb verdeckt und nur im Schein der Lampen sichtbar konnte er nun ebenfalls die Silhouette einer Person dort erkennen, die sofort hinter dem Baum wieder verschwand. Er hatte sie also gefunden!

Thomas und Oliver ließen alles stehen und liegen und rannten einfach los. Oliver lief als erster los und sein Freund folgte ihm. Es war schwer, hinterher zukommen, aber Thomas wollte unbedingt vermeiden, dass sich die Beiden trennten. Dann würde es erst recht schwierig werden. Wieder peitschten ihnen Zweige ins Gesicht und rissen kleine blutige Striemen in Stirn und Wangen. Sie mussten hier weg! Unbedingt! Am besten liefen sie solange, bis sie endlich den Rand des Waldes gefunden hatten. Oliver stolperte über einen dicken Ast auf dem Boden und strauchelte dabei nach vorne. Thomas hatte aber schon bald aufgeholt und half seinen Kumpel wieder auf die Beine. „Nicht aufgeben!" schnaufte er. „Weiter! Weiter!!"

Mit einem kräftigen Schubser brachte er Oliver wieder zum Rennen. Dieser verdammte Wald konnte nicht ewig groß sein. Bald mussten sie es geschafft haben. In diesem Moment krachte es einmal vor ihnen und Oliver war verschwunden! Thomas versuchte stehen zu bleiben, rutschte aber auf dem weichen Waldboden noch etwas weiter, bis er endlich zum Stehen kam.

Voller Entsetzen und mit aufgerissenen Augen starrte er nach unten in eine Fallgrube und ruderte dabei wild mit den Armen, damit er nicht nach vorne fiel. Er warf mit letzter Kraft seinen Oberkörper nach hinten und landete dann unsanft auf seinen Hintern. Ein kräftiger Stoß durchzog seinen Körper und raubte ihm kurz den Atem. Er rollte sich zur Seite und versuchte wieder zu Luft zu kommen. Langsam krabbelte er nach vorne und spähte schnaufend über den Rand in das Loch. Die Grube war ungefähr zwei Schritte lang wie breit und ca. 1,5 Meter tief. In der Mitte ragten einige Holzspitzen einen halben Meter aus dem Boden und mitten drin lag sein bester Freund.

KAPITEL 10

Oh ja! Die Grubenfalle. Natürlich! Die hatte er schon vergessen gehabt. Verdeckt von mehreren Bäumen, die nahe bei einander standen, beobachtete er das Geschehen vor ihm. Einer von diesen beiden Krachmachern war doch tatsächlich in einer seiner alten Fallen gestolpert!

Sie musste noch aus der Zeit stammen, als er die Hütte entdeckt hatte und dann die Gegend auskundschaftete. Damals fiel es ihm spontan ein und er grub mehrere Löcher und stattete sie mit Holzpfählen aus. Damit wollte er einfach nur einmal ausprobieren, ob diese Art von Falle funktionierte. Aber außer ein paar Igel und anderes Kleingetier konnte er damit kein Wild fangen. Deshalb ließ er auch schnell davon ab und vergaß ganz offensichtlich, dass sich hier noch eine Grube befand. Aber letztendlich fand er es überhaupt nicht schlimm. Schließlich konnte er doch noch einen dicken Fang damit machen. Gar nicht mal so schlecht!

Grinsend beobachtete er die Szenerie weiter. Er war gespannt, was den beiden noch alles einfiel. Aber jetzt musste er wissen, was mit dem passierte, der reingefallen war. Sollte er es nicht überlebt haben, würde sein Freund ihn bestimmt hier lassen. Wenn man in Panik durch einen dunklen Wald rannte, ist solch eine Leiche doch sehr hinderlich. Zudem lag sie ja schon in einem Grab. Er bräuchte nur die Grube wieder zu schütten und schon wäre Gras darüber gewachsen. Im wahrsten Sinne. Der Gedanke daran belustigte ihn. Er musste Grinsen und aufpassen, dass er nicht laut los lachte. Dieses aufgeregte Kribbeln war wieder im Bauch zu spüren. Das gefiel ihm. Die Nacht könnte ewig weiter gehen. Er fühlte sich groß und mächtig. Er war einfach diesen Idioten zu überlegen. Es war zu einfach.

Er nahm seine Armbrust, die er mit zwei Riemen auf dem Rücken trug, setzte sie an und schaute durch das Zielfernrohr. Vergrößert sah er den Einen auf allen Vieren krabbelnd in die Grube schauen. Sein Hinterteil zeigte genau in seine Richtung. Wie wäre es, wenn er diesen Idioten einfach in seinen Arsch schoss? Das wäre einfach zu lustig! Vielleicht würde er ja auch in die Grube fallen. Dann einfach Erde drauf und fertig. Endlich wieder Ruhe im Wald. Aber heute Nacht wollte er noch etwas Spaß haben. Die Abwechslung tat ihm einfach gut. Manchmal war er schon etwas einsam. Aber er hatte es sich so ausgesucht und im Grunde war er zufrieden damit. Mit diesen Gedanken beobachtete der Jäger weiter seine Beute und war gespannt, wie diese Nacht enden würde.

KAPITEL 11

Die Stirnlampe, welche Oliver vorher auf dem Kopf trug, lag nun in der Grube im Dreck und strahlte die sandige Wand an. Das Licht, das sie ausstrahlte aber reichte, um in der sonst kompletten Dunkelheit des Waldes dieses dreckige Loch zu erhellen. Thomas hatte sich bis an den Rand der Grube gezogen und schaute mit aufgerissenen Augen hinein. „Oliver!" sagte er erst leise und ungläubig, als er seinen Freund unten liegen sah. „Ist dir was passiert?! Oliver!" Jetzt erst nahm er die Holzspieße das erste Mal richtig wahr. Um Oliver herum ragten 4 von diesen Holzspitzen empor. „Oh Nein! Bitte nicht!" Thomas versuchte aufzustehen. Sofort breitete sich ein dumpfer Schmerz aus, der von der Steißgegend kam und er musste aufstöhnen. Der Aufprall war anscheinend doch härter gewesen, als er dachte. Dennoch versuchte er weiter hoch zukommen, bis er es letztendlich schaffte und vor der Grube stand. Langsam ließ der Schmerz nach. Anscheinend war nichts gebrochen. Sonst hätte er sich nicht so schnell aufrecht hinstellen können. Glück gehabt. Aber weh tat es trotzdem noch.

Er ging langsam in die Hocke und schaute in das Loch. Mit seinem rechten Bein tastete er sich vorsichtig vor und versuchte, bloß nicht abzurutschen. Jetzt konnte er sich an den Rand setzen. Dieser schien zu halten, nur etwas Erde rutschte hinunter. Egal. Er musste jetzt da runter und irgendwie seinem Freund helfen. Er stieß sich ab und kam unsanfter auf, als er geplant hatte. Dabei verlor er das Gleichgewicht und fiel nach vorne über. Er warf sich so gut es ging nach links, um bloß nicht auf Oliver zu landen! Und dann sah er nur noch einen dieser spitzen Holzpfähle auf sich zurasen...

Mit einem Krachen fiel Thomas auf den Holzpflog und stöhnte dabei laut auf, als die Luft aus seinen Lungen gedrückt wurde. Er öffnete seine Augen und versuchte wieder zu Atem zu kommen. Schnaufend drehte er sich langsam um und versuchte sich dabei mit einer Hand an die Brust zu fühlen. So durfte es nicht Enden! Nicht in einem dreckigen Loch, aufgespießt von irgendwelchen Holzpfählen eines Verrückten! Vor seinem inneren Auge spielte sich ein Film ab, in dem er sich und seinen Freund in dieser Grube liegen sah und langsam immer mehr verrotteten. Niemand würde die Beiden finden, mitten im Wald. Dieses Grab, wahrscheinlich sogar abgedeckt von diesem Wahnsinnigen, bis irgendwann buchstäblich Gras darüber gewachsen war. Und in hunderten von Jahren kämen dann Archäologen und würden sich wundern, wie diese beiden Skelette da wohl hingekommen waren und ganz bestimmt würden sie sich diverse Geschichten dazu ausdenken, aber keiner käme auf die Idee, dass diese beiden Menschen auf der Flucht eines irren Jägers waren, hier rein stolperten und sich dabei aufspießten.

Thomas tastete seine Brust weiter ab. Aber da war kein Loch, kein Pfahl, der aus seinem Brustkorb ragte. Er schaute zur Seite an sich herab und sah, dass der Holzspieß zerdrückt da lag! Er griff nach den Überresten. Das Holz war weich und hatte unter dem Gewicht von Thomas sofort nachgegeben. Gott sei Dank! dachte er. Morsches Holz! Diese Grube musste schon älter sein und das Holz war halb vergammelt! Es war zu weich um noch irgendwen oder irgendwas auf zu spießen! Sofort schaute er nach seinem Kumpel. „Oliver!" rief Thomas und versuchte ihn an seine Schulter zu packen um ihn etwas zur Seite zu drehen. Dabei hörte er seinen Freund leise aufstöhnen.

„Du lebst!" rief Thomas. Er rappelte sich auf und hockte sich neben Oliver, um ihn besser greifen zu können. Er packte die rechte Schulter und drehte seinen Kumpel zur Seite. Das war anstrengender, als er dachte. Der Kerl war verdammt schwer. Aber dann schaffte Thomas es doch. Plötzlich zuckte er zusammen, denn Oliver schrie laut auf: „Meine Schulter! Meine Schulter! Scheiße!!!" Sofort ließ Thomas los. „Was ist? Was ist passiert?!" rief er.

„Oh Gott! Meine Schulter brennt! Nicht anfassen oder bewegen! Bitte! Ich glaube, die ist gebrochen...! Ich kann den Arm nicht mehr bewegen! Scheiße, tut das weh!" Oliver saß nun da und hielt sich mit dem rechten Arm seine linke Schulter. „Zeig mal her." sagte Thomas. Langsam öffnete er die Jacke seines Freundes.

„Vorsicht, man!"

„Ist ja gut, aber ich muss sehen, was mit deiner Schulter ist, sonst kann ich dir nicht helfen!"

Er streifte die Jacke seines verletzten Freundes über dessen linke Schulter ab und sah sofort eine dicke Beule. Der Arm stand unnatürlich vom Körper ab und er wusste sofort, was los war!

„Deine Schulter ist ausgekugelt!" Er schaute ihn ernst an. „Wir müssen versuchen, sie wieder einzurenken, sonst kommen wir hier nie aus dieser Grube raus!"

„Hast du das denn schon mal gemacht?!"

„Ne, noch nicht, aber ich habe mal zugesehen und später im Internet danach geschaut. Ich weiß ungefähr, was zu tun ist! Du musst mir vertrauen. Wir haben keine andere Chance!"

„Ist ja gut, ist ja gut! Kacke man!" Oliver stöhnte auf, als er versuchte, sich in einer bequemeren Lage zu setzen. „Also, was hast du vor?"

„Du wirst dich auf dem Rücken legen müssen. Ich werde dann meinen Fuß an deine Seite setzen und langsam, aber kräftig an deinem Arm ziehen. Es wird sehr wehtun, aber ich hoffe, dass dein Gelenk wieder in die Pfanne gleitet. Deine Muskeln werden sich überdehnen. Eine andere Chance haben wir hier unten nicht."

Oliver schaute seinen Freund nur ungläubig an, aber nickte dann nur.

„Gut. Lass uns bloß anfangen!"

Er beugte sich etwas nach vorne, damit Thomas ihn besser packen konnte und kam so auf die Knie. Zuerst zogen sie die Jacke aus, denn die störte bei diesem Unterfangen. Immer wieder stöhnte er laut auf. Es ging alles nur langsam voran. Die Schmerzen waren heftig. Aber dann lag Oliver endlich auf dem Rücken. Thomas setzte sich links neben ihm und lehnte sich an die matschige Wand. Er nahm vorsichtig das Handgelenk von Oliver in beide Hände und setzte gleichzeitig seinen Fuß in die Seite seines Kumpels.

„Ok. Ich werde jetzt langsam ziehen, Es wird wehtun! Versuch die Zähne zusammen zu beißen! Gleich hast du es geschafft!"

„Quatsch nicht und fang endlich an!" giftete Oliver zurück.

Jetzt begann Thomas zu ziehen und bewegte den Arm dabei gleichzeitig ein wenig nach oben. Oliver stöhnte auf, aber er behielt die Fassung und schrie nicht. Dann gab es einen kräftigen Ruck und das Gelenk sprang zurück in die Pfanne.

„Ich glaube, das war´s." sagte Thomas und betrachtete die Schulter. Die Ausbeulung war nun nicht mehr zu sehen und Oliver konnte seinen Arm wieder bewegen.

„Danke, man!" sagte er leise, schloss die Augen und atmete erst einmal beruhigt auf.

„Wie sieht´s aus? Kannst du Arm soweit bewegen, dass wir hier endlich aus diesem scheiß Loch wieder rauskommen?"

„Ich denke schon. Lass uns von hier abhauen!"

Thomas stand auf und schaute vorsichtig über den Rand hinweg in den Wald. Aber es war dermaßen dunkel, dass er absolut nichts erkennen konnte.

„Wir müssen es wagen, sonst schaffen wir es nie aus diesem Wald!"

Leise stemmte er sich aus der Grube, und kniete sich dann an den Rand. Oliver langte nach seiner Kopflampe, die immer noch auf dem

Boden lag und gab sie Thomas. Er legte die Lampe so auf dem Boden, dass sie die Grube ausleuchtete. Dann half er seinem verletzten Freund aus dem Loch. Nach mehreren Versuchen hatten sie es endlich geschafft und lagen nun erschöpft nebeneinander auf dem Boden. Aber so konnten sie nicht liegen bleiben. Sie mussten zu sehen, dass sie endlich weiter kamen und einen Weg aus dieser Hölle fanden. Nachdem beide durchgeschnauft hatten, rappelten sie sich auf und einigten sich auf eine Richtung. Dann liefen sie los. Um sie herum war nur die Dunkelheit. Und Er.

KAPITEL 12

Maik saß in seinem dunklen Gefängnis und überlegte seit Stunden, wie er es anstellen konnte. Dabei hielt er das kleine Messer fest in seiner Hand. Er wollte es am liebsten nie mehr los lassen. Es war die einzige Hoffnung, die ihm noch blieb, wenn er diese Scheiße überleben wollte. In seinen Gedanken war er bestimmt schon hundertmal durchgegangen, wie er es am besten anstellen würde, damit er endlich aus diesem Gefängnis kam.

Irgendwie musste er den verrückten Typen anlocken, damit er nahe an den Käfig kam. Aber das würde nicht einfach werden. Maik hatte wirklich Angst vor ihm. Sobald der Fremde den Raum betrat, zog sich bei Maik alles zusammen. Sein Magen schien dann zu schrumpfen, sein Mund wurde ganz trocken und er konnte kaum noch atmen. Sein ganzer Körper wurde dann steif und Maik war einfach nicht im Stande, sich zu bewegen. Er war eh schon völlig ausgetrocknet und hatte einen Hunger, den er noch nie vorher verspürt hatte. Seine Kräfte waren am Ende. Lange konnte er diese ganze Situation nicht mehr aushalten. Entweder es passierte etwas oder er gab auf und kippte einfach um und wartete auf den Tod. Einfach hinlegen und warten, bis er so müde wurde, dass er einfach die Augen schließen konnte und nie mehr aufmachen brauchte. Dann wäre es endlich vorbei! Die Schmerzen, der Hunger, die Angst... Der

Gedanke kam nun schon wieder. Die letzten Male hatte sich Maik noch dagegen gewehrt. Bloß nicht aufgeben! Nicht hier in diesem dreckigen Käfig! Er schlug sich dann dabei selbst ins Gesicht um sich aufzuputschen.

Nicht schwach werden. Das war gar nicht seine Art! Maik doch nicht. Er hatte noch nie aufgegeben. Bilder kamen in seinem Kopf, als er mit seinen beiden Kumpels durch die Nacht lief und sie diesen verdammten Nachtcache einfach nicht finden konnten. Gefühlte Stunden hatten sie das Final gesucht und nichts gefunden. Die anderen Beiden wollten schon lange nach Hause, aber Maik suchte immer weiter, bis er endlich fand, was sie schon die halbe Nacht gesucht hatten. Das Final hing damals in einem Koffer im Baum. Man kam nur heran, wenn man den alten Baum hochkletterte und sich lang machte. Markus und Ingo hatten keine Lust mehr und warteten unten. Maik aber kletterte immer höher und schaffte es zuletzt, den Koffer zu angeln damit sich alle ins Logbuch eintragen konnten. Die Erleichterung war bei allen dreien groß, dennoch waren die andern Beiden nur noch am Nörgeln, das sie endlich nach Hause wollten. Maik konnte es damals nicht verstehen. Sie waren doch extra hier hergekommen und kurz vorm Schluss dann aufgeben? Nur weil man müde war und es echt kalt war? Hätten sie jedes Mal aufgegeben, wenn sie mal nicht weiter kamen, würden die Zahlen, die im Internet ihre gesamten Funde aufwiesen um einiges kleiner sein. Maiks Freunde konnten sich glücklich schätzen so jemanden bei sich zu haben und ihn als Freund und Kumpel bezeichnen zu können. Maik war immer stolz darauf gewesen, dass er nie so leicht aufgab und nun saß er hier und dachte immer wieder ans Aufgeben. Den einfachen Weg zu nehmen, nur weil dieser nicht so anstrengend war! Nein!! Nicht mit ihm! Und ganz bestimmt nicht jetzt, in solch einer Situation erst recht nicht! Seine Hand schloss sich wieder fest um das Messer. Hoffnung kam wieder auf und mit ihr ein wenig Kraft. Irgendwo in Ihm waren noch Reserven, die nicht ganz aufgebraucht waren. Er holte tief Luft, wartete zwei Sekunden und rief dann laut:

"EY!!! ARSCHLOCH! KOMM ENDLICH HER! ICH MUSS MIT DIR REDEN!!!"

Sein Hals kratzte dabei schrecklich. Maik hatte schon lange nichts mehr zu trinken bekommen und sein Mund war staubtrocken. Sofort bekam er einen Hustenanfall, den er nicht aufhalten konnte. Nach einer fast endlosen Zeit konnte er sich wieder beruhigen und atmete schwer ein und aus. Dabei versuchte er zu hören, ob dieser Scheißtyp endlich in den Raum kam. Er wollte ihm mit dem Messer alles Aufschlitzen, was nur geht! Und wenn dieser Verrückte dann zuckend auf dem Boden lag, brauchte er nur noch nach dem Schlüssel greifen und dann wäre er frei! Der Plan war großartig und einfach! Maik fragte sich, warum er denn nicht schon längst darauf gekommen war! Er versuchte es noch einmal. Diesmal war er aber vorsichtiger mit seiner

Stimme. Es tat immer noch fürchterlich weh, aber der Hustenanfall blieb aus.

Doch es tat sich nichts! In der gesamten Hütte blieb es ruhig. Keine Schritte, keine Stimme aus dem Nebenraum. Maik rüttelte an dem Käfig, so stark, wie es seine Kräfte zuließen. Er versuchte einfach laut zu sein. Aber es tat sich nichts!

So langsam wurde es ihm dann bewusst, dass Maik alleine war. Dieses Arschloch war nicht da. Ok, dachte er. Ein neuer Plan musste her. Maik war nun hellwach. Er musste es irgendwie schaffen, hier raus zukommen! Dieses verdammte Schloss musste doch zu knacken sein! Zum wiederholten Male suchten seine Hände im Dunklen nach irgendetwas, das ihm helfen könnte. Aber er konnte sich anstrengen, wie er wollte, es gab da nichts in seiner Reichweite.

Maik setzte sich auf seinen Hintern, zog die Beine an sich und schlang seine Arme um sie. Er musste noch einmal gut nachdenken. Er hatte doch schon zig Filme gesehen, in denen sich immer wieder, irgendwelche Leute befreien konnten und das mit den aberwitzigsten Hilfsmitteln! Doch er hatte hier nichts. Garnichts, außer... Natürlich! Das Messer! Damit konnte er doch bestimmt das Schloss aufhebeln...! Wieso war er nicht gleich darauf gekommen? Sowas blödes! Das gab es doch nicht! Sofort griff er zu Seite um es aufzuheben, aber dort lag es nicht. Dann griff er hinter sich, vor sich, nochmal neben sich, aber dort lag kein Messer!

Nein!!! Bitte nicht!!! Wo war das verdammte Messer hin?! Es konnte doch nicht einfach weg sein! Jetzt! Wo er endlich die Hoffnung hatte, hier endlich rauszukommen! Er hockte sich auf seine Knie und betastete den ganzen Boden seines Gefängnisses. Es blieb aber verschwunden. Maik geriet langsam in Panik. Er musste das Messer wieder finden! Er musste!!! Hektisch rutschten seine Finger suchend den Rand des Käfigs ab und dann fühlte er es! Dort lag es wenige Zentimeter vor ihm. Maik musste das Messer ausversehen angestoßen haben, als er vorher nach Etwas suchte, um das Schloss zu knacken. Und dabei rutschte es dann raus. Nun hatte er es aber wieder. Eine große Erleichterung machte sich in ihm breit. Mit beiden Händen hielt er es nun fest, so gut er konnte und atmete erst einmal durch. Das hatte ihm Kraft gekostet. Wertvolle Kraft, die er brauchte, um hier zu entfliehen. Maik legte den Kopf in den Nacken, schloss seine Augen, stieß kräftig die Luft aus und machte sich dann ans Werk.

Er fühlte mit einer Hand nach dem Schloss. Schnell hatte er es gefunden. Dann nahm er das kleine Messer und versuchte irgendwie mit der Spitze in den Bügel zu kommen, damit er es aufhebeln konnte. Maik hatte nicht mehr viel Kraft in den Fingern, deshalb rutschte ihm das Schloss immer wieder weg. Aber er blieb dran. Konzentrierte sich und sagte immer wieder zu sich selbst, dass er nicht aufgeben durfte. Erst recht nicht jetzt! Dann hatte er es geschafft! Das Messer steckte bis zum Schafft in dem Bügel des Vorhängeschlosses. Ein gutes Gefühl machte sich in Maik breit. Daraus schöpfte er Hoffnung und ein wenig Kraft.

Nun packte er den Griff des Messers kräftiger und versuchte das Schloss aufzustemmen. Das war aber nicht so einfach. Zuerst tat sich nichts. Maik versuchte es ein zweites Mal. Irgendwie konnte er keinen Halt für die Klinge finden, um das verdammte Ding aufzubrechen. Nun versuchte er es anders herum. Er drückte den Griff des Messers nach vorne. Nun fand die Klinge halt und er konnte endlich gegen das Schloss arbeiten. Maik legte sein ganzes Gewicht rein und drückte so kräftig, wie er nur konnte. Es knirschte etwas und dann machte es PLING! Maik konnte sich nicht mehr halten und fiel nach vorne. Dabei stieß er mit dem Gesicht gegen die Gitter. Ein Schmerz durchzog ihn und breitete sich im ganzen Kopf aus. Aber die Tür des Käfigs blieb geschlossen!

Maik rappelte sich auf und fühlte gleich nach dem Schloss. Es hing immer noch verschlossen da. Dann bückte er sich und tastete den Boden ab. Dort fand er das Messer. Die Klinge war direkt am Schafft abgebrochen. Maik schloss die Augen und lies seinen schmerzenden Kopf hängen. Das durfte doch nicht wahr sein... Seine einzige Möglichkeit um hier raus zukommen, war einfach zerbrochen und lag nun in zwei Teile vor ihm. Eine große Enttäuschung machte sich in ihm breit und er gab ihr nach. Er legte sich auf den Rücken und fing an zu Weinen. Jetzt war alles vorbei. Er würde hier sterben. Nie wieder raus kommen. Nie wieder die Sonne sehen. Seine Eltern, seine Freunde zu Hause. Das war alles solch ein Albtraum!

Dann wurde er wütend! Er hasste diesen Menschen, der ihm und seine Kumpels dies hier angetan hatte! Er HASSTE ihn! Diesen verdammten Mörder! Wieso tat er ihnen sowas an?! Der ganze Hass breitete sich in Maik aus. Sein ganzer Körper zitterte. Er steigerte sich immer mehr rein und es musste raus! Diese ganze Scheiße in ihm musste raus und er begann vor Wut, Enttäuschung und Hass gegen den Käfig zu treten. Seine Fäuste schlugen immer wieder auf den Boden auf. Die Füße traten gegen die Gitter und es schepperte laut in der Dunkelheit dieser beschissenen Hütte!

Immer und immer wieder! Das tat ihm gut! So verdammt gut! Er holte tief Luft trat mit all seine verbliebenen Kraft gegen den Käfig, als es plötzlich laut krachte.

Maik erschrak sich und hörte sofort auf! Angst breitete sich nun aus. Der Verrückte musste diesen Lärm gehört haben und konnte jeden Moment in den Raum kommen! Sofort setzte Maik sich auf und stieß sich mit den Beinen ab, so dass er auf dem Hintern nach hinten bis an die Käfigwand rutschte. Dort blieb er ruhig sitzen und lauschte in die Dunkelheit.

Nichts. Es blieb still. Die Tür sprang nicht auf, kein Verrückter kam in den Raum gestürmt um zu sehen, was hier los war. Minutenlang blieb Maik so sitzen, bis er sich endlich wieder traute, sich zu bewegen. Er rutsche vorsichtig nach Vorne und tastete mit seinen Händen umher. Er fühlte nur den dreckigen Boden. Gleich musste er gegen die Tür des Käfigs stoßen. Aber da war nichts!

Maik hielt seine Hände nach vorne, aber sie griffen ins Leere! Wie konnte das sein? Behutsam beugte er sich vor und verlor dann sein Gleichgewicht. Er fiel vorne über und landete auf den Boden. Langsam kam er wieder hoch. Dabei streckte er seine Arme aus, aber es war kein Käfig mehr da! Er war draußen! Er war tatsächlich aus dem Käfig raus! Maik konnte es nicht glauben! Das laute Krachen kam nicht aus dem anderen Zimmer! Es war die Tür des Käfigs, die unter seinen wilden und verzweifelten Tritten nachgegeben hatte und nun nur noch am Schloss mit dem Käfig verbunden hing. Er hatte es geschafft! Jetzt hatte er nur noch einen Gedanken! Fliehen! Raus und weg. So schnell es nur ging. Keine Sekunde länger wollte er in diesem stinkenden Loch bleiben.

Ganz vorsichtig versuchte Maik auf die Beine zu kommen. Es war schwer und es schmerzte ihn. Er versuchte sich an den Käfig abzustützen und nach schier endloser Zeit klappte es und Maik stand auf wackeligen Beinen da. Er trat einen Schritt vor und dann noch einen. Dann noch einen. Sein Körper erinnerte sich endlich wieder, wie man ging und er wurde immer sicherer. Die Schmerzen konnte Maik aushalten. Er humpelte in die Richtung, wo er die Tür vermutete. Irgendwann fühlten seine Hände eine Wand und bald auch eine Türklinke. Hier ging es raus! Endlich raus! Er umfasste die Klinke mit der rechten Hand und drückte sich runter, als er plötzlich ein Geräusch hörte. Maik schreckte zusammen und bewegte sich nicht mehr. Da war eindeutig was zuhören! Und es kam von der anderen Seite der Tür!

„Oh nein...!" sagte Maik leise und lies die Türklinke los.

Er war wieder zurück.

KAPITEL 13

Sie schnauften Beide, während Thomas und Oliver einen Weg aus dem Wald suchten. Der Boden war übersät mit abgebrochenen Ästen, Steinen und Löchern. Es war nicht einfach einen vernünftigen Weg durch das Unterholz zu finden. Wege hatten sie schon seit gefühlten Stunden nicht mehr gesehen. Thomas schaute immer wieder nach oben in den Himmel, aber es war stockduster. Die hohen Bäume schnitten ihnen die freie Sicht nach oben ab. Sie waren völlig orientierungslos. Die einzige Möglichkeit aus diesem Wald zu kommen war nur noch geradeaus zu laufen. Solange laufen, bis sie den Rand erreicht hatten. Dann musste es irgendwo einen Weg oder eine Straße geben. Vielleicht konnten sie sich dann endlich wieder orientieren. Mit viel Glück war sogar ein Haus in der Nähe, damit Thomas endlich seine Kollegen von der Polizei benachrichtigen konnte. Aber jetzt war es wichtig, nicht aufzugeben!

Er schaute besorgt zu Oliver rüber. Sein bester Freund lief etwas hinterher. Die Verletzung an seinem Arm machte ihm anscheinend mehr zu schaffen, als er zugeben wollte.

„Oliver! Geht's dir gut? Sollen wir eine Pause einlegen? Wie geht's deinem Arm?", Thomas wurde langsamer, damit sein Kumpel aufschließen konnte.

„Es geht schon...", schnaufte Oliver.

„Meine Schulter brennt wie Sau, aber es ist auszuhalten. Ich hoffe, dass der Final nicht in einem Baum hängt, dann kannst du da nämlich alleine rauf." Seinen Humor schien er auf jeden Fall nicht verloren zu haben. Das war doch ein gutes Zeichen. Thomas musste ein wenig grinsen. Aber Sie brauchten endlich eine Pause. So konnte es nicht weiter gehen. Sie hatten weder was zu essen, noch Wasser bei sich. Beide waren müde und erschöpft. „Oliver, wir müssen eine Pause machen. Dieses Tempo halten wir sonst nie durch!" Oliver schaute auf und zog eine Augenbraue hoch. „Bist du verrückt?! Ich will hier endlich raus aus diesem scheiß Wald! Wer weiß, wo dieses verrückte Arschloch gerade rumrennt! Ich habe keine Lust hier mit einem Armbrustbolzen im Hals zu sterben, nur weil du ne Pause machen wolltest!"

„Das will ich auch nicht! Ganz bestimmt nicht. Aber du hattest eine ausgekugelte Schulter und wir sind beide müde. Ich habe auch keine Lust hier vor Erschöpfung tot umzufallen! Das macht genauso wenig Sinn! Und schau mal auf das Licht der Kopflampe. Es ist kaum noch an! Wir sollten die Batterien etwas schonen! Wenn wir Glück haben, finden wir hier etwas, wo wir uns verstecken können, so, dass der Typ uns nicht findet. Die Nacht scheint schon ewig lang zu sein. Irgendwann muss es ja wieder hell werden. Dann haben wir vielleicht eine bessere Chance als jetzt, mit einer Lampe, die bald komplett ausgeht. Und dann haben wir wirklich die Arschkarte!"

Oliver überlegte. Er musste sich eingestehen, dass Thomas vielleicht Recht hatte. Die Schmerzen in der Schulter wurden nicht gerade besser. Eine Pause tat ihnen wirklich gut. Sie waren jetzt schon einige Zeit durchgelaufen und er sehnte sich nach seinem Bett! Die Erinnerung kam hoch, als Oliver noch am frühen Abend zuhause saß und voller Vorfreude auf den nächtlich Wald immer wieder auf sein Handy schaute, um zu wissen, ob Thomas sich endlich gemeldet hatte. Bis dann endlich die Nachricht kam! Und jetzt waren sie in diesem verdammten Wald. Es war auf ihnen geschossen worden. Sie hatten eine Leiche gefunden! Sie wären beinahe in einer Grube aufgespießt worden! Er hatte seine Schulter ausgekugelt und waren jetzt vor einem Verrückten auf der Flucht, der sie anscheinend jagen und umbringen wollte! Das durfte doch alles nicht wahr sein!

Seine Beine wurden immer schwerer. Er war am Ende.

„Ok. Lass uns ne Pause machen. Vielleicht gibt's hier ja tatsächlich was, wo wir uns verstecken können. Ne einsame Hütte mit nem Kamin und ein schönes Bett dazu. Das wäre doch was! Was meinst du? Vorher noch heiß duschen und dann vor dem Fernseher einpennen. Jaaa! Da hätte ich jetzt Bock drauf! Dazu noch ein oder fünf Bierchen und die Welt sieht schon wieder ganz anders aus!"

Thomas schaute ihn verdutzt an.

„Egal was ist, aber deinen Humor und den Bierdurst verlierst du nie, was?"

„Nö!“

„Typisch Feuerwehrmänner! Die letzten Helden.“

Thomas rang sich ein müdes Grinsen ab. Das tat wirklich gut. Eine Pause war jetzt mehr als nötig. Diese Hütte klang verlockend, aber ihm war klar, dass sie garantiert nicht solch ein Glück hatten. Er schaute sich um und suchte nach irgendetwas, wo sie sich unter- oder dahinter legen konnten. „Lass uns langsam weiterlaufen und die Augen offen halten. Hier muss es irgendwas geben, das uns weiter hilft.“

Sie gingen noch ein paar Minuten weiter, aber Oliver lehnte alle Stellen ab, auf die sein Freund zeigte. Entweder waren sie da seiner Meinung nach zu gut zu sehen, oder ein Ameisenhügel war in direkter Nähe. Einmal war es ihm tatsächlich zu dreckig... Thomas seufzte und schaute nochmal zu allen Seiten. Mittlerweile war es ihm egal. Seinetwegen hätten sie sich auch einfach an Ort und Stelle fallen lassen können, um einfach einzuschlafen. Da entdeckte er eine Baumgruppe, die in einem Kreis da stand. Es waren acht Bäume und zu einer Seite hin war der Kreis offen, so dass sie sich geschützt dazwischen legen konnten. Es war gerade genug Platz für zwei Leute. Das war doch genau das Richtige! Er lief dort hin und rief dann Oliver zu sich her. Das sah gut aus. Hier konnten sie sich hinlegen und ausruhen. Oliver war einverstanden und sie setzten sich hin und lehnten sich an die Bäume. So waren sie relativ gut von allen Seiten geschützt und brauchten nur auf die offene Seite achten.

„Ich mache jetzt mal die Lampe aus, Oliver. Dann schonen wir die Batterien. Wer weiß, ob wir sie nicht noch dringend brauchen..." Thomas drückte auf den Knopf. Sofort schoss die Dunkelheit heran. Wie ein schwarzes Bettlaken, das über sie geworfen wurde, breitete sich das Schwarz aus. Sie konnten noch nicht einmal mehr die Hände vor ihren Augen sehen. Diese Finsternis war beinahe erdrückend. Bei beiden schnellte der Herzschlag hoch. Doch sie sagten kein einziges Wort. Nach einiger Zeit hatten sie sich etwas an die Dunkelheit gewöhnt und sie konnten ein paar Umrisse naher Bäume erkennen. Erstaunlich, wie sich die übrig gebliebenen Sinne schärften, sobald eines ausfiel! Zuerst hörte Thomas nur sein eigenes Herz schlagen und das schwere Atmen seines Freundes. Nach kurzer Zeit drängten sich dann die Geräusche des Waldes dazu. Von allen Seiten krabbelte und raschelte es. Der Wind wehte durch die Blätter. In einiger Entfernung musste irgendein kleines Tier lang laufen. Die schnellen und tapsigen Schritte waren eindeutig zu hören. Aber er hatte nicht die geringste Ahnung was das für ein Tier sein mochte. Zumindest kam es nicht näher. Das beruhigte ihn etwas. Thomas lehnte sich mit dem Kopf an den Baum und schaute zu seinem Freund rüber.

„Hey Olli."

„Wat is?"

„Glaubst du, dass wir hier wieder heile rauskommen?"

„Spinnst du?! Ja sicher! Der Penner hat sich die Falschen ausgesucht! Wie kann man bitte schön so blöde sein und sich mit nem Bullen und nem Feuerwehrmann anlegen?? Dieser Wald ist zwar groß, aber nicht so riesig, dass man hier tagelang durchmarschieren kann, ohne den Rand zu erreichen. Ich schätze mal, dass wir nicht mehr lange brauchen und dann sind wir hier raus. Bestimmt kommen wir an der Bundesstraße raus. So weit, wie wir schon gelaufen sind, sind wir garantiert schon im nächsten Landkreis."

„Ja kann sein, aber ich habe bis jetzt keine Autos gehört. Das macht mir Sorgen! Sonst hört man doch immer mal die Autobahn in der Ferne. Aber hier höre ich nichts! Ob der Wald die Geräusche von außen soweit abdämpft, dass man tatsächlich nichts davon hören kann?"

„Kann sein. Aber vergiss nicht", Oliver musste erstmal gähnen, „es ist mitten in der Nacht. So viele Leute sind da nicht unterwegs. Und wenn die Bäume die Geräusche auch noch schlucken, kann es schnell sehr ruhig werden. Ich kann mich noch an damals erinnern, als ein alter Kumpel und ich durch einen Wald bei Petersfehn streunten und ein Live-Rollenspiel vorbereiten wollten. Ich glaube, da waren wir 15 oder so. Wir hatten beide diese billigen Walkie-Talkies dabei. Er hatte seins aber auf leise gestellt und ich konnte ihn anfunken wie ich wollte, aber er meldete sich nicht. Dann habe ich einfach mal gerufen. Immer wieder. Mehrere Minuten lang. Irgendwann merkte er dann wohl, dass er sein Gerät zu leise eingestellt hatte und funkte mich an. Kurze Zeit später trafen wir uns dann wieder. Als ich ihn fragte, warum er denn nicht geantwortet hätte, sagte er mir, dass er mich einfach nicht gehört hatte. Wir waren nicht wirklich weit voneinander entfernt gewesen, aber er hatte mich tatsächlich nicht gehört. Wir waren beide echt überrascht, wie der Wald die Geräusche schluckte."

„Na, dann hoffe ich mal, dass der Wald diesmal auch nur die Geräusche schluckt und nicht uns gleich noch mit dazu."

„Hey! Ich bin hier sonst derjenige, der ständig schwarz malt. Du bist der, der immer optimistisch bleibt und alle motivierst. Tausch jetzt bloß nicht die Rollen!"

„Ja ja. Ist ja gut. Wir bleiben hier jetzt noch etwas sitzen und dann sehen wir zu, dass wir hier weg kommen. Ich schlage vor, dass wir die Lampe aus lassen. Dann haben sich unsere Augen an die Dunkelheit gewöhnt und es ist nicht mehr ganz so dunkel, wie anfangs. Wenn wir Glück haben, scheint vielleicht der Mond irgendwo mal durch und wir können uns dann ein bisschen mehr orientieren. Aber sammeln wir erstmal Kräfte und schonen auch deinen Arm."

„So kenne ich meinen Thommy! Ok. Ich kann gerade eh keinen Schritt mehr machen. Bleiben wir erstmal hier. Wenn der Typ uns entdeckt hätte, wären wir schon längst nicht mehr hier so ruhig am Quatschen." Oliver stieß einen langen Seufzer aus und dachte nach.

Eine Weile später stieß er Thomas an.

„Hey! Noch wach?"

„Ja, bin ich."

„Wer ist das wohl? Ich meine, was ist das für ein Typ, der sich hier nachts rum treibt und Leute erschießen will? Wo kommt der her? Wieso macht er das? Und wer um Gottes Willen lag in diesem Grab? Wer war die Leiche?! Da muss doch irgendjemand vermisst sein, oder nicht? Das fällt doch in deinen Bereich."

„Ja schon, aber ich habe keine Ahnung! Ich konnte bei diesem Typen kein Gesicht erkennen und die Stimme kam mir auch nicht bekannt vor. Die Leiche konnte ich nicht erkennen. Ich bin mit meinen Kollegen gerade an einem Fall von drei vermissten Teenies dran, aber ich kann mir nicht vorstellen, dass das einer von denen war. Aber eins ist sicher! Sobald wir hier raus sind, werde ich alles daran setzen um diesen Irren zu erwischen! Ich werde dafür sorgen, dass hier ne Hundertschaft in diesem Wald jeden Stein umdreht, bis wir ihn gefunden haben!"

Oliver nickte und stimmte Thomas zu.

„Je eher das passiert, desto besser! Wer weiß, wie lange der Typ hier schon rum streunt! Und vor allem, wieviel Menschen hat er noch auf dem Gewissen?!"

Dann sagten sie für eine Weile nichts mehr. Sie waren einfach nur müde und erschöpft. Irgendwann fielen beiden die Augen zu. Ihr Schlaf war unruhig, aber wie konnte es auch anders sein. In den letzten Stunden war zu viel Schlimmes passiert, als dass sie nun seelenruhig hätten schlummern können. Einzig die Erschöpfung ließ sie einschlafen, zugedeckt von der Dunkelheit und den Geräuschen des Waldes.

Thomas träumte wild. Er stand auf einem Hochhaus auf dem Dach und schaute in die Tiefe. Weit unten fuhren kleine Spielzeugautos auf der Straße. Menschen huschten wie Insekten hin und her. Niemand bemerkte ihn. Er wusste nicht, warum er hier oben am Rand stand, aber er schaute immer wieder nach unten. Sonst hatte er Höhenangst, aber diesmal war es anders. Er hatte keine Angst hier zu stehen. Die Höhe machte ihm gar nichts aus! Wenn er wollte, hätte Thomas nur einen Schritt machen brauchen und er wäre nach Unten gestürzt. Aber das machte ihm keine Sorgen. Nein. Irgendetwas anderes beunruhigte ihn. Er konnte es aber nicht genau fassen. Es musste einen Grund geben, dass er hier stand. Dann stellten sich seine Nackenhaare auf. Er bekam Gänsehaut und wusste genau, dass jemand hinter ihm stand. Das war es! Thomas hatte Angst vor der Gestalt, die hinter ihm stand. Aber was sollte er nun tun?! Umdrehen und schauen, wer es war? Oder den einfachen Weg gehen und nur diesen einen Schritt nach vorne zu machen? Thomas zögerte und die Präsenz der Gestalt hinter ihm wurde immer stärker. Es war kaum noch auszuhalten. Dann fasste er eine Entscheidung. Er schaute ein letztes Mal auf die Straße und das Gewusel tief unter ihm und drehte sich dann langsam um.

Damit hatte er nicht gerechnet! Eine riesige Gestalt, mindestens 6 Meter hoch, stand vor ihm.

Er konnte nur die dunklen Umrisse erkennen. Und auch das war schwierig, denn die Welt hinter der Gestalt war dunkel. Er konnte hinter ihr nichts erkennen. Den Riesen konnte er auch nur deswegen sehen, weil dieser sich bewegte und sich damit von der Dunkelheit abhob. Langsam beugte es sich zu Thomas runter und streckte seinen Arm aus um ihn zu packen. Thomas stand nur da und war wie gelähmt. Er konnte nur noch abwarten, was nun passierte. Eine große Angst machte sich in ihm breit. Jetzt war die übergroße Hand ganz Nah. Er konnte hören, wie der Riese atmete. Seine Anwesenheit war so präsent, dass Thomas alles vergaß. Für ihn gab es nur noch dieses Wesen und die Dunkelheit. Alles was er je erlebt hatte, was ihn ausmachte, war verschwunden. Jetzt gab es nur noch sie beide. Dann packte die riesige Hand zu und Thomas wachte auf!

Er riss seine Augen auf, während sein Herz wild pochte. Und dann sah er es. Direkt vor ihm stand jemand und beugte sich gerade zu ihm herunter. Die Hand des Fremden griff gerade nach der Kopflampe, die Thomas auf seinen Schoß gelegt hatte. Der Irre hatte sie gefunden, während beide hier seelenruhig schliefen! Panik brach aus und Thomas versuchte den Arm des Fremden wegzuschlagen.

„Oliver! Wach auf!“ rief er und versuchte auf die Beine zu kommen. Aber das war schwer. Direkt hinter ihm und auch neben ihm standen die Bäume in einem Halbkreis. Der einzige Weg hier raus war von dem Irren versperrt.

„Lass uns zufrieden du Arschloch! Ich bin Bulle, klar?!? Du hast dir die falschen ausgesucht, du Schwein!“ schrie er. Oliver wachte nun endlich auch auf und war zuerst verwirrt. Er schaute sich um, konnte aber wegen der Dunkelheit nichts erkennen.

„Was ist denn los, Thomas?“ sagte er noch immer vom Schlaf ein wenig benommen.“

„Er hat uns gefunden! Oliver! Er steht direkt vor uns!“ Dann war Oliver ganz da. Das Adrenalin machte ihn von einer Sekunde auf die nächste hellwach. Jetzt erkannte er auch den Schatten vor ihnen. Der Fremde trat einen Schritt zurück, damit sie ihn nicht treffen konnten. Thomas schaffte es endlich auf die Beine zu kommen. Er fuchtelte mit seinen Armen herum, damit er diesen Typen abwehren konnte, sollte dieser noch einmal nach ihm greifen.

„Jetzt habe ich euch.“ Die Stimme des Fremden war dunkel und er sprach ruhig. Die Wörter setzten sich direkt in die Köpfe der beiden. Das war zu viel für Thomas. Jetzt war es Zeit sich zu wehren! Er schrie auf und stürmte einfach nach vorne und rammte so seine rechte Schulter gegen die Brust des Fremden, der überrascht von dem Ausfall, nach hinten stolperte und hinfiel. Thomas verlor sein Gleichgewicht und musste einige Schritte nach vorne machen, um sich wieder aufzufangen. Nun stand auch Oliver da und stürmte ebenfalls nach vorne. Allerdings konnte er nicht sofort erkennen, dass der Fremde Mann mit dieser schrecklichen dunklen Stimme direkt vor ihm lag und trat so halbblind gegen den Körper, des auf dem Boden liegenden.

„Er liegt auf dem Boden!“ rief Thomas seinen Freund zu. „Das ist unsere Chance!“ Sofort tastete Oliver nach Unten und versuchte den Mann festzuhalten. Doch beide vergaßen, dass der Mann einen Vorteil hatte. Sein Nachtsichtgerät. Er hatte es immer noch aufgesetzt und konnte alles erkennen, während Thomas und Oliver halbblind umher tasteten. Sofort schlug er Olivers Arm zu Seite, rollte sich nach links ab und stand dann wieder auf den Beinen. Oliver stolperte ein wenig nach Hinten und prallte dabei mit seiner verletzten Schulter gegen einen Baum. Sofort breitete sich der Schmerz aus und er sah für eine kurze Zeit nur noch bunte Lichter vor seinen Augen. Für einen kleinen Moment war er komplett Blind und nur auf den stechenden Schmerz in seiner Schulter konzentriert.

Der Fremde schaute sich um und fand neben sich einen dicken Stock, den er sofort aufhob und dann damit ausholte. Er rammte ihn Oliver in den Bauch. Dieser wurde die Luft aus den Lungen gepresst und fiel keuchend auf die Knie. Dann holte er noch einmal aus, um Oliver damit an den Kopf zu treffen. Aber er kam nicht zum Schlagen. Thomas packte den dicken Ast von hinten und riss ihn dem Irren aus der Hand. Damit hatte der Fremde nicht gerechnet. Er drehte sich um und schaute zu Thomas. Dieser holte einmal aus und traf den Verrückten an seiner rechten Kopfseite. Der Mann stolperte schwer getroffen zu Seite und versuchte sich an einem Baum abzustützen. Dann traf ihn ein Schlag in den Rücken. Er schrie auf und seine Beine ließen nach. Der Fremde lag auf dem Boden. Thomas schmiss den Stock weg und schaute auf die Umrisse des Typen. Neben ihm keuchte Oliver, der langsam wieder Luft bekam.

„Hey Olli! Alles klar?!"

„Nee! Natürlich nicht!" keuchte Oliver. Thomas versuchte seinen Freund abzustützen bis er wieder auf den Füßen stand.

„Wir haben ihn!" sagte Thomas. „Wir versuchen ihn irgendwie zu fesseln und dann zwingen wir ihn, uns hier aus den Wald zu helfen!"

Oliver schaute sich um.

„Wo haben wir ihn?! Wo ist der Typ?!"

„Scheiße!" Thomas schaute aufgeregt umher. „Der lag doch gerade noch hier! Scheiße!" Der Fremde war verschwunden. Jetzt stieg langsam die Panik in Thomas auf.

„Wir müssen hier weg! Ich habe dieses Arschloch hart getroffen. Ich glaube nicht, dass er uns so schnell verfolgen kann. Jetzt gibt es nur noch eine Richtung. Dieser scheiß Wald muss auch mal ein Ende haben!"

„Ja, lass uns abhauen. Es reicht."

„Kannst du laufen?"

„Ja, geht schon. Lass uns verschwinden, bevor er uns eins überzieht, während wir hier rumstehen und schnacken!"

Dann liefen sie los. Angetrieben von dem Willen hier unbedingt weg zu kommen. Jetzt gab es keine andere Wahl mehr.

KAPITEL 14

Die Richtung war egal. Hauptsache weg. Sie liefen so schnell, wie es der Wald zu lies. Beide keuchten und sie waren erschöpft, aber die Angst trieb sie voran.

„Oliver, komm! Weiter!“ Thomas packte seinen Freund an die Schulter und versuchte ihn mit sich zu ziehen. Aber das war nicht so einfach. Olivers Verletzung bremste beide aus. Es kostete ihm Kraft und das machte ihn langsam. Dann blieb Oliver schnaufend stehen.

„Ich kann nicht mehr! Meine Schulter... Die bringt mich um!“

„Nur noch ein bisschen, Oliver. Wir haben es fast geschafft!“

„Ach ja?! Woher willst du das wissen, man? Wir rennen die ganze Nacht durch diesen scheiß Wald und hier ist nirgends eine Ende zu sehen! Ich kann nicht mehr!“

Da war was Wahres dran. Thomas brauchte auch eine Pause. Wie groß konnte dieser Wald denn sein? Irgendwann musste doch mal der Rand erreicht sein!

„Weißt du was?“ Oliver schaute müde zu Thomas rüber.

„Ich glaube, dass wir ständig nur im Kreis laufen! Immer wieder im Kreis! Wir stehen mitten drin und kommen immer wieder an denselben Stellen vorbei. Wir kapieren das nur nicht, weil es so dunkel ist. Diese scheiß Dunkelheit! Es muss doch endlich mal wieder hell werden.“

„Ich habe jedes Zeitgefühl verloren. Keine Ahnung, wie spät es ist." Thomas schaute nach oben. Er konnte einen leichten Schein durch die Bäume erkennen. Irgendwo da oben schien der Mond. Es war nicht viel Licht, aber etwas kam unten an, so dass zumindest ein wenig in direkter Umgebung zu erkennen war.

„Ich weiß, du hast Schmerzen, aber wenn wir nicht weiter laufen, holt uns dieser Typ ein! Ich weiß nicht, ob wir uns noch einmal so wehren können. Dein Arm wird nicht besser und ich bin auch erschöpft. Ich kann nur hoffen, dass wir dem Kerl ordentlich zugesetzt haben und er uns deswegen nicht so schnell folgen kann…"

Unsicher drehte Thomas sich in alle Richtungen und hielt nach verdächtigen Schatten Ausschau. Aber der Wald war voll davon. Der Irre konnte praktisch überall und nirgends sein.

„Oh Mann! Du machst mich fertig!" Oliver holte tief Luft, legte den Kopf in den Nacken und stieß einen tiefen Seufzer aus.

„Gut, lass uns weiter. Aber diesmal rennen wir nicht so kopflos durch die Gegend. Das bringt nix und kostet nur Kraft. Ok?"

„Ok. Wichtig ist nur, dass wir in Bewegung bleiben und leise bleiben. Wir schaffen das, klar?"

„Ja, sicher. Auf geht´s."

Optimistisch klang das nicht gerade, aber er setzte sich in Bewegung und ging diesmal voraus. Thomas schaute ihm hinterher und war froh, dass sein bester Kumpel so war, wie er war. Alleine hätte er es niemals so weit geschafft. Allerdings wäre Thomas auch niemals Geocachen gegangen ohne Oliver. Aber ihm jetzt die Schuld dafür zu geben, ging zu weit. Sie waren schon oft zusammen unterwegs gewesen. Nachts durch die Wälder gelaufen, auf der Suche nach dem Final und nie war irgendetwas passiert. Er konnte nichts dafür.

Schon seltsam, was für blöde Gedanken manchmal aufkamen. Thomas schüttelte über sich selber den Kopf und musste leise auflachen.

„Was ist nun? Muss ich dich tragen oder was?"

Thomas schaute auf und erkannte die dunklen Umrisse seines Freundes ein Stück weiter vor ihm. Zumindest schien der Mond nun endlich etwas kräftiger durch das Blätterdach und sie konnten ein wenig mehr erkennen als vorher.

„Das sagt der Richtige! Ich bin schon unterwegs."

Er holte zu seinem Freund auf. Diesmal bestimmte Oliver die Richtung und Thomas hatte nichts dagegen.

Jetzt nahmen beide das Tempo raus. Es war einfach zu anstrengend, durch das Dickicht zu rennen. Der Boden war uneben und übersät mit Löchern, Ästen und alten umgestürzten Bäumen. Ständig war irgendwas im Weg. Und die Tatsache, dass sie noch nicht mal mehr ihre Taschen- und Stirnlampen hatten, machte es nicht gerade einfacher. Ihre Augen hatten sich aber nun langsam an die Dunkelheit gewöhnt und sie sahen schon etwas besser. Der Mond, hoch oben über den Bäumen, spendete gerade genug Licht damit sie nicht komplett blind durch den Wald liefen.

Thomas war nach einiger Zeit in seinen Gedanken vertieft. Er war immer noch ein Polizist und sie hatten eine Leiche gefunden. Den Mörder hatten sie auch gefunden, oder er sie. Ganz wie man es nahm. Er ging im Kopf diverse Möglichkeiten durch, wie man diesen Dreckskerl dingfest machen konnte. Sobald sie aus dem Wald waren, musste er als erstes telefonieren. Hier musste eine Hundertschaft her, Spürhunde, Hubschrauber! Alles was möglich war, musste in den Wald. Die Leiche musste wieder gefunden und identifiziert werden. Sie durften diesem Mörder keine Gelegenheit geben, aus dem Wald zu entkommen, mochte er auch noch so groß sein! Wärmebildkameras mussten ebenfalls her. Das komplette Programm! Und dann konnte es nicht mehr lange dauern und dieser Typ würde gefasst sein und für seine Taten bestraft werden. Wer weiß, was der Geisteskranke noch alles angestellt hatte! Vor allem aber fragte sich Thomas immer wieder: Wer war es? Wer war dieser Kerl? Wieso machte er so etwas? Wie lange lebte er schon hier und wo?! Aber das würden sie noch alles herausfinden. Das schwor er sich. Bald mussten sie am Waldrand angekommen sein und dann würde es nicht mehr lange dauern.

Diese Gedanken gaben Thomas wieder etwas Kraft. Er schöpfte Mut und das tat gut. Diese Nacht schien schon ewig lang zu sein. Und sie hatten einiges durchgemacht. Aber er war sich sicher, sie würden es schaffen! Es war keine Frage mehr, ob sie es schaffen würden, sondern nur noch wann.

Sie kamen in einen Trott und liefen nun zügiger durch das Unterholz als anfangs. Oliver war ebenfalls in seinen Gedanken vertieft. Sein Arm schien nicht mehr so sehr zu schmerzen, aber er war ein zähes Bürschchen und konnte einiges einstecken. Auch, wenn er sich ständig über irgendetwas beschwerte.

Beide kamen gut voran und waren bestimmt schon über eine halbe Stunde unterwegs. Dennoch war immer noch kein Waldrand zu sehen.

„Ich habe keinen Bock mehr…“ murmelte Oliver vor sich hin und trat nach einem Ast, der vor ihm auf dem Boden lag. „So langsam muss hier doch auch mal ein Ende sein, oder nicht?!“

Thomas nickte. „Ja, du hast Recht. ich verstehe auch nicht, warum wir einfach nicht aus diesem Wald kommen. So riesig ist der doch gar nicht. Aber ich kann mir auch vorstellen, dass wir im Kreis laufen. Es ist einfach zu dunkel um es zu merken. Hier sieht ja auch alles gleich aus!“

Oliver blieb stehen und schaute Thomas an. „Na gut. Wir brauchen jetzt eine Idee, damit wir weiter kommen. So scheint es ja nicht zu funktionieren.“

„Und? Was willst du machen? Brotkrumen haben wir nicht. Ein langes Seil auch nicht. Wir könnten die Bäume markieren und die unteren Äste abknicken, aber dann würden wir diesen Irren auf unsere Spur bringen. Das wäre am schlimmsten.“

Oliver schaute bedrückt zum Boden. „Scheiße. Weißt du was? Noch ein Versuch. Wir gehen jetzt weiter und versuchen darauf zu achten, dass der Mond immer aus der gleichen Richtung scheint. Vielleicht hilft das ja."

„Besser als nix und hier einfach nur rumzustehen. Wer weiß, wann es wieder hell wird."

Sie schauten beide nach oben und versuchten einen hellen Schein durch das Blätterdach zu finden. Das war gar nicht so einfach. Das Licht kam hier und da durch, aber der Mond selber war kaum zu sehen. Sie gingen etwas weiter, bis sie endlich einen Teil der weißen Scheibe sehen konnten.

„Gut. Wir gehen jetzt immer auf den Mond zu. Er wird uns führen. Auf geht's." Oliver zeigte nach oben und lief los.

„Ok. Hoffen wir das Beste."

Es ging wieder weiter. Diesmal nahmen sie eine andere Richtung. Beide waren wieder etwas mit Hoffnung erfüllt. Das trieb an. Sie redeten nicht, sondern gingen einfach zügig hintereinander dem Schein des Mondes entgegen, der ab und zu durch die Baumkronen brach. Nun merkten sie, dass sie immer wieder von ihrer Richtung abkamen. Manchmal konnten sie minutenlang nichts sehen, da entweder die Bäume zu dicht bei einander standen oder dicke Wolken sich vor dem Mond schoben. Aber wenn sie ihn wieder sahen, mussten sie ihre Richtung korrigieren. Und das war einige Male erschreckend viel. Aber so ging es trotzdem ganz gut. Sie hatten endlich ein

Ziel, auf das sie zu gehen konnten. Das spornte sie an. Bis Oliver plötzlich stehen blieb und Thomas fast in seine Hacken lief.

„Was ist los?! Was hast du?“ Thomas schaute verdutzt seinen Kumpel an.

Oliver starrte nach vorne und kniff seine Augen etwas zu, um besser sehen zu können. Dann zeigte er nach vorne. „Da hinten! Siehst du das?!“

Thomas schaute in die Richtung, in die Oliver zeigte und dann sah er es auch. Erst war es nur ein dunkler Schatten. Ein dunkles Etwas, das aber anders aussah, als der Rest des Waldes. Je länger er sich darauf konzentrierte, desto besser konnte er es erkennen. Ja, nun war es ganz eindeutig zu erkennen. Nicht weit vor ihnen stand eine Hütte oder ein kleines Haus!

Die beiden Freunde schauten sich an und mussten anfangen zu grinsen. Na also! Es hatte sich gelohnt die neue Richtung zu gehen. Wenn hier ein Haus stand, dann war ein Telefon nicht mehr weit! Hier waren sie endlich in Sicherheit.

Oliver packte Thomas an den Arm und zog ihn mit sich. „Komm! Wir haben es endlich geschafft! Gleich können wir endlich telefonieren und vor allem was trinken und essen. Ich habe einen mega Kohldampf!“ Thomas lachte erleichtert auf. War ja klar. Das erste, woran Oliver wieder dachte, war Essen. Typisch. Aber er selber hatte auch Hunger und noch viel mehr Durst. Jetzt konnte es nur noch bergauf gehen. Bald würden seine Kollegen endlich hier sein und dann würde es auch nicht mehr so dunkel sein. Licht! Das brauchten sie jetzt und zwar eine Menge Licht!

Dann gingen sie auf das Haus zu, um einmal kräftig anzuklopfen.

KAPITEL 15

Maik schritt langsam nach Hinten. Die Angst war schier unendlich groß. Sein Atem ging immer schneller. Das Herz in seiner Brust klopfte so heftig und laut, dass es selbst auf der anderen Seite der Tür zu hören sein musste. Er war kurz davor, frei zu kommen und ausgerechnet jetzt kam dieser Verrückte zurück!

Jetzt tastete er sich an der Wand entlang. Es war zwar stockdunkel in dem Raum, aber seine Augen waren an die Dunkelheit gewöhnt und so konnte er zumindest ein paar Schemen erkennen. Dann stieß er gegen einen Gegenstand. Es schepperte. Sofort hielt Maik in seiner Bewegung inne und lauschte. Aber er konnte keine Schritte hören. Dann polterte es in dem anderen Raum. Maik hielt den Atem an. Er tastete mit seinen Händen hinter sich und fühlte den leeren Käfig, gegen den er gestoßen war. Langsam schritt er an diesen vorbei. Jetzt hörte er ganz deutlich, dass jemand hinter der Tür war, denn es polterte wieder. Er war definitiv nicht mehr alleine. Aber Maik war nun frei und nicht mehr in diesem Käfig eingesperrt. Das Blatt hatte sich gewendet. Und ganz bestimmt würde er nie wieder in diesem Käfig einsperren lassen. Koste es, was es wolle. Er brauchte etwas, das er als Waffe benutzen konnte. Dieses Mal würde er sich verteidigen. Das Überraschungsmoment lag auf seiner Seite. Dieser Psychopath wusste noch nicht, dass Maik aus dem Käfig entkommen war. Das musste Maik ausnutzen! Es gab nur diese eine Chance!

Verzweifelt tastete er umher, um irgendetwas zu finden, das ihm helfen konnte. Es polterte wieder und die Tür sprang auf! Maik zuckte zusammen und er kniff seine Augen zusammen. Im ersten Moment war es immer zu hell und seine Augen schmerzten. Aber dieses Mal war es nicht die Tür zu dem Raum, in dem Maik sich befand. Es musste ein anderer Eingang gewesen sein, denn es blieb dunkel. Jetzt hörte er eine dumpfe Stimme. Sie kam eindeutig aus dem anderen Raum. Maik hatte keine Zeit mehr zu verlieren. Jetzt oder nie! Er versuchte auch nicht mehr leise zu sein. Sein einziges Ziel war es nun, so schnell wie möglich etwas zu finden, das ihm helfen konnte, aus dieser Hölle raus zu kommen. Und wenn es etwas war, das diesen Psycho so richtig wehtun konnte, umso besser!

Maik tastete sich an der Wand weiter. Dann stieß er mit dem Fuß gegen etwas Hartes. Etwas bewegte sich und dann fiel es zu Boden. Er fasste sofort nach vorne, um heraus zu finden, was es war. Dann fühlten seine Finger Holz. Es war ein kleiner Haufen von Holzscheiten, gegen den er gestoßen war. Das war besser als gar nichts! Er tastete nach den Scheiten und suchte sich den Größten aus, den er finden konnte. Das Ding konnte er dem Typen schön über den Schädel ziehen und dann nichts wie weg von hier! Das war ein guter Plan.

Dann hörte er es. Die Schritte waren direkt vor der Tür zum Stehen gekommen.

Seine Hände krallten sich um das Stück Holz. Die Türklinke wurde runtergedrückt, er spannte seine Muskeln an. Dann ging die Tür auf.

Maik rannte mit einem Schrei los. Den Holzscheit mit beiden Händen über den Kopf schwingend auf den Feind zu!

Plötzlich kamen die bunten Punkte vor seinen Augen und er konnte nicht mehr atmen. Seine Luft wurde aus ihm raus gepresst und der plötzliche Schmerz in seiner Magengegend wurde so groß, dass er auf die Knie fiel und zur Seite kippte. Sein Holzscheit fiel einfach zu Boden und lag neben ihm.

KAPITEL 16

Je näher die Beiden der Hütte kamen, desto mehr konnten sie erkennen. Von weitem und im Dunkeln konnte man nur die Schemen erkennen, die sich von der Dunkelheit abhoben. Aber jetzt konnten sie auch die Größe erkennen. Ein wenig Enttäuschung machte sich in Oliver breit.

„Sieht aber nicht sehr groß aus. Ich glaube nicht, ob hier überhaupt jemand zuhause ist oder wohnt..." Oliver blieb vor der Hütte stehen, stemmte seine Fäuste in die Hüften und schaute skeptisch hin und her.

„Warte es doch erstmal ab." sagte Thomas. „Lass uns nachschauen, ob sie bewohnt ist." Er ging noch etwas weiter und erkannte dann eine Eingangstür. Thomas ging auf diese zu drückte versuchsweise dagegen. Aber sie bewegte sich nicht. Er klopfte ein paar Mal gegen das Holz und horchte, ob sich drinnen etwas bewegte. Dann klopfte er doller und sagte: „Hallo? Ist jemand da?" Aber es kam keine Antwort von drinnen. Thomas drehte sich um und schaute seinen Freund an. „Ich versuche es einfach mal." Er griff zur Klinke und drückte sie langsam runter. Anfangs ging es etwas schwerer, aber dann gab sie mit einem Ruck nach. Das laute Geräusch lies Oliver zusammen zucken. „Musst du mich denn so erschrecken?! Nicht so laut man!" Thomas verzog das Gesicht und murmelte ein „Sorry.", dann drückte er gegen die Tür und sie ging erstaunlich leicht auf.

Vorsichtig spähte er durch den Eingang in den dahinter liegenden Raum, aber er konnte so gut wie nichts erkennen. „Hallo? Ist jemand zuhause?“ sagte er leise und lies ein etwas lauteres „Hallo!“ folgen. Dann lauschte er gespannt ins Dunkel hinein, konnte aber nichts hören.

Thomas drehte sich zu Oliver um, der gespannt zusah. „Ich glaube, es ist keiner da, sollen wir rein gehen?“ Oliver zuckte mit den Schultern. „ Weiß nicht. Vielleicht schlafen die auch nur und wenn wir dann da einbrechen und die Leute zu Tode erschrecken ist das auch blöde. Meinste nicht?“

Thomas überlegte kurz. „Egal jetzt. Das ist ein Notfall. Ich geh rein.“ Dann schritt er durch den Eingang. Etwas schepperte leise. Kurzdarauf polterte es, gefolgt von einem leisen Fluchen. „Alles klar, Thomas?!“ Oliver ging nun auch auf den Eingang zu. Erst kam keine Antwort, aber dann hörte er seinen Kumpel. der ein genervtes „Ja ja. Ich bin nur gegen einen Tisch oder so gestoßen…“ von sich gab.

Oliver kam nun nach und betrat auch die Hütte. Es muffte da drinnen. „Oh man, so wie das hier riecht, war aber schon länger keiner mehr da.“ Dabei wedelte er mit einer Hand vor seiner Nase rum. „Ich schau mich mal um, soweit ich was erkennen kann.“ sagte Thomas und ging weiter in den Raum hinein. In dieser Hütte schien tatsächlich mal jemand gewohnt zu haben. Er konnte im Dunkeln diverse Möbel erkennen. Tisch, Stuhl, Bett… Aber wie lange es her war, dass der letzte Bewohner in diesem Bett geschlafen hatte, konnte er nicht erkennen. Langsam tastete er sich weiter vor, bis er an der Wand gegenüber der Eingangstür eine weitere Tür fand. Plötzlich hörte er ein leises Poltern von der anderen Seite der Tür! Sofort hielt er inne und horchte. Da musste jemand sein! Oder war es vielleicht ein Tier? Das würde er sofort herausfinden.

Thomas kannte ähnliche Situationen aus dem Polizeitraining. Er spannte seine Muskeln und machte sich bereit. Seine Hand lag schon auf dem Türgriff. Langsam drückte er die Klinke nach unten und schob die Tür mit einem Ruck auf. Dann ging alles ganz schnell! Ein Schrei war zu hören und jemand kam mit erhobenen Armen auf ihn zu gestürzt. Thomas reagierte sofort. Blitzschnell drehte er sich zur Seite und nahm so Deckung hinter der Wand. Als der Angreifer bei Ihm war, ließ er seine Faust nach vorne schnellen und schlug so in dessen Magengegend. Der Fremde ging in die Knie und keuchte laut auf. Er bekam keine Luft und fiel zur Seite. Es polterte, als der Angreifer und seine Waffe auf den Boden aufkamen.

All dies passierte innerhalb von Sekunden. Oliver wusste erst nicht was geschehen war und rief laut den Namen seines Freundes: „Thomas!" Dann hastete er durch den Raum um seinen besten Freund zu Hilfe zu kommen. Dabei stieß er mit voller Wucht gegen den Tisch, der mitten im Raum stand. Oliver versuchte sich noch instinktiv abzustützen, aber sein verletzter Arm schmerzte zu sehr und er fiel zur Seite weg und lag auch auf dem Boden. Stöhnend und sich den Arm haltend lag er nun auf dem Rücken und war so keine sehr große Hilfe für seinen Kumpel.

„Hey Olli! Alles klar bei dir? Hast du dich verletzt?!“ wollte Thomas wissen. Aber er bekam erst nur ein Ächzen von Oliver zu hören. „Nein, man! Ich bin voll auf meinem kaputten Arm gefallen. Scheiße, das tut weh!“ Oliver versuchte sich erst einmal aufzusetzen.

Währenddessen wandte Thomas sich wieder seinem Angreifer zu. „Und jetzt zu dir! Wer bist du? Wieso greifst du mich an?“ Von der Person vor sich bekam er aber nur ein Wimmern zu hören. Sie schien zu weinen. „Bitte! Tun sie mir nicht mehr weh! Bitte! Es tut mir leid!“

Thomas war überrascht. Wer auch immer vor ihm lag, es war ganz offensichtlich nicht der Verrückte aus dem Wald. Dann erkannte er an der Stimme, dass vor ihm kein Mann lag, sondern ein Junge! Sofort kniete er sich hin und versuchte den Jungen zu beruhigen.

„Hey! Alles wird wieder gut! Wir sind nicht böse! Ich bin Polizist. Du brauchst keine Angst haben. Ich habe mich nur erschrocken und mich verteidigt. Ich werde dir nichts mehr tun, ok? Wer bist du? Wie heißt du, Kleiner?“ Um ihn weiter zu beruhigen legte er seine Hände vorsichtig auf die Schulter des Jungen, dieser aber zuckte bei der Berührung sofort zusammen. „Schschscht...“ machte Thomas und versuchte weiter ihn zu beruhigen. „Wie heißt du? “ versuchte er es noch einmal, „und wie kommst du in diese Hütte hier mitten im Wald?“ Langsam schien sich der Junge zu beruhigen. Er schaute immer wieder ungläubig zwischen Thomas und Oliver hin und her. Plötzlich schien er zu begreifen und fing wie ein Wasserfall an zu reden: „Bitte! Helfen sie mir! Ich bin Maik Bruns! Irgendein Verrückter Typ hat mich entführt und in den Käfig gesperrt! Ich weiß nicht, wo meine Freunde sind, aber ich glaube sie sind tot! Bitte! Wir müssen hier sofort weg, bevor dieser Typ wieder kommt!" Die restlichen Worte gingen im Schluchzen unter und Thomas konnte sie nicht mehr verstehen.

Ungläubig starrte er auf Maik herab. „Du bist Maik Bruns?! Das gibt es doch gar nicht! Du bist als vermisst gemeldet und wir suchen dich und deine beiden Freunde seit Tagen! Wie bist du denn hierhergekommen und habt ihr auch diesen Mann aus dem Wald getroffen?"

Er konnte es nicht fassen. Maik holte tief Luft. „Wir waren zu dritt und wollten diesen Nachtcache als erstes finden. Beim Final steht plötzlich dieser Typ vor uns, erzählt irgendwas von Krach und seinem Wald und..." Maik stockte kurz. „Und dann hat er plötzlich auf Ingo geschossen! Er kam in Panik und wollte abhauen. Da hat er mit dieser scheiß Armbrust einfach auf Ingo geschossen! Ich bekam einen Schlag auf dem Kopf und wachte später in dem scheiß Käfig auf. Ich will hier nur noch weg! Ich weiß nicht, wann dieses Arschloch wieder kommt, aber dann will ich hier weg sein! Ich gehe nie mehr in diesen Käfig! Hören sie? Nie wieder!" Er stemmte sich auf und kam auf die Beine. „ich weiß ja nicht, was sie beide hier wollen, aber ich hau jetzt ab." Thomas versuchte Maik aufzuhalten und packte ihn an der Schulter. Aber Maik wehrte sich. „Nein! Lassen sie mich! Ich will endlich nach Hause! Ich bin weg!" Er drehte sich um, gab Thomas einen kräftigen Stoß, lief zur Tür und wurde von der Dunkelheit des nächtlichen Waldes verschluckt.

Von dem Stoß überrascht prallte Thomas mit dem Kopf gegen die Wand und ging leicht benommen in die Knie. Er musste sich erst einmal schütteln, um wieder klare Gedanken zu bekommen. Das konnte doch alles nicht wahr sein! Was war das für eine Nacht! Erst diese Hetzjagd durch diesen verdammten Wald und nun findet er auch noch per Zufall einen der vermissten Jungs, an dessen Fall er und seine Kollegen gerade arbeiteten! Bloß, wo waren die anderen Beiden? Was hatte Maik erzählt? Der Verrückte hatte auf Ingo geschossen? Plötzlich kam ihm ein Gedanke. Das Grab... Die Leiche, die dort vergraben war... Konnte das vielleicht Ingo sein?! Mein Gott! Was hatte dieses Monster angestellt! Wo war der dritte Junge? War Markus auch diesem Kerl zum Opfer gefallen? Hoffentlich nicht! Vielleicht war er hier in der Hütte! Thomas musste Gewissheit haben. Er rappelte sich auf. „Oliver! Wir müssen die Hütte durchsuchen! Vielleicht ist hier noch jemand!" Er schaute zu der Stelle, an der sein Kumpel saß. Dann schaute er zur Tür und erschrak!

„Ganz genau." sagte eine dunkle Stimme. „Hier ist noch jemand."

KAPITEL 17

Oliver wirbelte herum und stieß dabei einen Schmerzensschrei aus. Das war zu viel für seinen lädierten Arm. Der Fremde kam mit großen Schritten in den Raum und gab Oliver einen Tritt. Er fiel mit dem Oberkörper nach hinten und blieb stöhnend liegen.

„Na, habt Ihr Beiden endlich meine Hütte gefunden?“ fragte der Mann ruhig. „Wir wussten nicht, dass die Hütte dir gehört...“ wollte Thomas sagen, aber er wurde sofort unterbrochen. „RUHE! Ihr seid Einbrecher und Störenfriede! Aber Ihr seid nur hier, weil ich es wollte!“ Er griff nach einem Stuhl und setzte sich. Die Waffe legte er auf den Tisch vor sich. Seine Hand aber blieb mit dem Finger am Abzugshahn. Dann holte er tief Luft und stieß sie schwer wieder aus. „Ich bin müde geworden. Ihr glaubt ja nicht, wie anstrengend es ist.“ Nun stand er auf und ging ein paar Schritte in eine Ecke der Hütte. Er schien dort etwas zu suchen und auch gefunden zu haben. Es machte einmal *Ritsch*. Oliver und Thomas mussten ihre Augen zukneifen. Sie wurden von dem Lichtschein des Streichholzes geblendet. Der Mann entzündete eine kleine Lampe, dessen Licht aber ausreichte, um den kleinen Raum der Hütte einigermaßen zu erhellen. Dann setzte er sich wieder hin. „Tut mir ja Leid für euch, aber hier ist Endstation. Wie hat der Bengel das noch genannt? Hier ist euer Final. Haha.“ Sein Lachen klang alles andere als erheitert. Oliver hatte sich wieder aufrecht aufgesetzt und hielt sich seinen Arm. „Sie sind doch verrückt, man! Was soll dieser Scheiß?! Wieso machen sie sowas? Sie sind ein krankes Arschloch!"

„Na na na..." sagte der Fremde. „Jetzt werde mal nicht so frech, Bürschchen! Ihr werdet hier nicht mehr lebend rauskommen. Soviel steht schon mal fest. Das wird den anderen eine Lehre sein und sie werden es sich in Zukunft doppelt überlegen, ob sie hier noch weiter in meinem Wald rumtoben wollen."

Thomas schaute ihn ungläubig an. „Sie glauben doch nicht ernsthaft, dass sie hiermit durchkommen, oder? Ich sage ihnen jetzt mal was. Ich bin bei der Polizei. Es wird nicht mehr lange dauern und ich werde als Vermisst gemeldet und dann wird jeder Polizist des Landkreises hier im Wald jeden Meter durchsuchen, bis sie uns gefunden haben. Sie können sich nicht ewig verstecken!"

„Das glaubst auch nur du! Die werden schon merken, dass sie hier nix zu suchen haben und freiwillig diesen Wald meiden! Was glaubst du, warum ich euch hierher gelotst habe? Erst kommt ihr zu dem Bengel in meine Käfige und dann werdet ihr schon sehen!"

Oliver schnaubte einmal. „Meinst du den Jungen, der hier eingesperrt war? Der ist abgehauen! Wahrscheinlich ist der längst auf dem Weg zum nächsten Haus und ruft die Polizei."

Der Mann schaute Oliver durch seine zusammen gekniffenen Augen an und stand so plötzlich auf, dass der Stuhl umkippte. Er stürmte an den Beiden vorbei in den anderen Raum. „VERDAMMT!!" rief er und trat gegen einen Holzscheit. Diese Situation wollte Thomas ausnutzen. Er stand auf und hechtete zu seinem Freund. Bloß raus aus dieser Hütte! Aber weit kam er nicht. „Hiergeblieben!" hörte er den Fremden hinter sich rufen, dann wurde es dunkel um ihn herum. Der Mann war mit wenigen Schritten hinter Thomas und schlug mit einem längeren Holzscheit auf dessen Hinterkopf. Thomas fiel nach vorne und blieb benommen neben Oliver liegen.

„Es reicht. Ich sorge jetzt dafür, dass hier niemand mehr abhaut." Er drehte sich um und ging zu einer kleinen Kommode. Dort fand er das Gesuchte. Mit zwei kräftigen Seilen kam er auf Oliver zu. „Los! dreh dich um und lege deine Hände auf den Rücken! Wird's bald!" Oliver blieb aber sitzen und bewegte sich nicht. Er schaute den Verrückten einfach nur stur an. „Umdrehen habe ich gesagt!" Grob wurde er an den Schultern gepackt und rumgewirbelt. Oliver stöhnte vor Schmerzen auf. Ehe er sich versah waren seine Hände hinter dem Rücken gefesselt. Das Seil war so stramm gebunden, dass er glaubte, kein Blut mehr in den Händen zu haben. Dann machte der Fremde sich an Thomas zu schaffen und band auch dessen Hände zusammen.

Thomas wurde wieder etwas klarer im Kopf, aber dieser schmerzte noch sehr von dem Schlag.

„Was haben sie jetzt mit uns vor?" fragte er nach einer kurzen Weile. Der Mann hatte sich wieder hingesetzt und schaute auf ein Foto, das er von der Kommode geholt hatte. Aus seinen Gedanken gerissen blickte er auf und schaute zu Thomas rüber. Oliver lag neben ihm auf der Seite mit dem gesunden Arm und atmete schwer.

„Das ist alles deren schuld! Sie haben mir alles genommen! Und jetzt? Jetzt sitze ich hier und sollte doch eigentlich froh sein. Das ist doch alles, was ich wollte! Frei sein, jagen, ohne irgendwelchen Leuten Rechenschaft abzulegen. Mein Plan war so gut! Ich habe an alles gedacht und ihr habt es mir abgekauft!“

Thomas hatte keine Ahnung, wovon dieser Typ überhaupt sprach. „Wessen Schuld? Was meinen sie?“ fragte er nach. Der Mann schaute ihn aus hasserfüllten Augen an.

„Wessen Schuld willst du wissen? WESSEN SCHULD?! Dieser ganze verdammte Scheißverein! Diese ganzen Möchtegernjäger! *Aber Heiko,* sagten sie, *so kannst du nicht weitermachen! Du bringst unseren guten Namen in Verruf!* sagten sie! Diese Mistkerle! Dabei war ich es, der diesen Verein doch erst wieder auf Vordermann gebracht habe! Alles habe ich für die Jagd gegeben! ALLES! Niemand hat mehr für diesen Hegering geopfert, als ich! Und dann schmeißen die mich einfach raus, da ich anscheinend nicht mehr tragbar für sie wäre! Nicht mehr tragbar!“ Den letzten Satz spieh er regelrecht aus. „Aber einen Heiko Koschitzki schmeißt man nicht einfach raus! Die wären doch nichts ohne mich! NICHTS!“ Dabei hieb er mit der Faust auf den Tisch.

„Heiko Koschitzki?“ fragte Oliver plötzlich erstaunt. „Das kann nicht sein! Heiko ist vor über einem Jahr in seiner brennenden Blockhütte umgekommen! Ich selber war bei dem Einsatz dabei!“

„Achso? Warst du das? Na, dann hast du doch bestimmt meine verbrannten Überreste gesehen, oder?“ Heiko lachte auf. „Das gehörte alles zu meinem Plan! Diese alte Hütte hatte ich vor einiger Zeit hier im Wald entdeckt. Niemand schien sie zu kennen. Selbst ich weiß nicht, wer sie hier gebaut hat. Aber sie war perfekt für meinen Plan auszusteigen. Dort zu leben, wo ich in Ruhe meiner Leidenschaft nachgehen konnte. Nach und nach brachte ich alles Notwendige hier zusammen. Und dann, eines Nachts steht dieser Typ vor mir! Ich machte ihn kalt und brachte ihn in mein Haus. Es passte alles. Er konnte meinen Platz einnehmen. Alle dachten, ich wäre in meinem Haus verbrannt. Nichts blieb übrig und plötzlich war ich frei! Ich konnte hier her und tun und lassen, was ich wollte! Ich war ja Tod! Haha! Die ganze Zeit über klappte es hervorragend, bis diese Idioten diesen... diesen Schatz hier verstecken mussten. Erst waren sie zu zweit. Ständig kamen sie Abend für Abend hier her und stellten irgendwelche Sachen auf und steckten diese Reflektoren in die Bäume. Ich wusste nicht, was das sollte und beobachtete die Beiden nur. Dann kamen eines Abends diese drei Bengel und schlichen hier mit ihren Taschenlampen rum und verjagten mir meine Beute! Das konnte ich doch nicht durchgehen lassen. Das ist mein Revier! Und jetzt kommt ihr noch dazu! Wie viele sollen denn noch kommen, hä?!“

Er schaute Thomas und Oliver böse an. „Ich gebe zu, dass ich ab und zu etwas einsam bin hier. Etwas Abwechslung tat mal ganz gut. Ein wenig Spaß hatte ich an euch. Aber irgendwann muss das mal sein Ende haben. Wenn die Leute merken, dass hier im Wald die Menschen verschwinden, wird auch keiner mehr her kommen! So einfach ist das!“ Heiko lachte auf und nickte dabei mit dem Kopf, wie wenn sich selber zustimmen würde.

Thomas konnte diese Geschichte kaum glauben. „Sie sind verrückt Koschitzki! Wenn die Menschen hier im Wald verschwinden, werden immer mehr kommen und nach ihnen suchen! Was glauben sie denn? Wie naiv sind sie eigentlich? Und überhaupt! Ihre Vorräte halten doch nicht ewig! Wie lange wollen sie denn hier wie ein Höhlenmensch leben? Irgendwann müssen sie raus aus dem Wald! Das ist ein ganz beschissener Plan!“

„Beschissener Plan?!“ schrie Heiko plötzlich auf! „Ich habe lange darauf zu gearbeitet! Alles habe ich gegeben! Alles! Sogar mein Leben! Ich habe hier genug, um zu überleben. Zig Gasflaschen habe ich gebunkert. Das kann im Winter sogar richtig gemütlich werden hier!“ Thomas erschrak. In Heikos Augen blitzte der Wahnsinn auf. „Meine Nahrung jage ich mir. Was glaubst du denn? Das hier ist immer noch mein Revier! Meins! Das nimmt mir niemand weg!“

„Sie sind nur ein alter verrückter Kerl, der viel zu lange alleine war! Mehr nicht!" Oliver hatte sich wieder ein wenig aufgerichtet. „ Es dauert nicht mehr lange und dann wird der Wald voll von Menschen sein, die nach uns suchen und dann sind sie ihre alte Hütte los und werden nie wieder einen Wald sehen!"

Heiko Koschitzki schoss von seinem Stuhl hoch und trat gegen den Tisch. „Was glaubt ihr eigentlich, wer ihr seid?!" schrie er. „Vorlaut und frech! Aber das haben auch schon vor euch welche versucht!" Bei diesen Worten wedelte er warnend mit seinem Zeigefinger rum. „Das ist mein Wald! MEIN REVIER! Hier hat niemand etwas zu suchen! Ich habe es satt!" Aufgeregt lief er in der Hütte auf und ab. „Ich habe das alles hier so satt! Und es wird heute Nacht enden! Versteht ihr? Ich habe es schon einmal beendet und ich kann es auch noch einmal tun!"

„Was meinen sie, Koschitzki? Machen sie keinen Unsinn! Noch ist es nicht zu spät!" Thomas versuchte Heiko zu beruhigen. „Lassen sie uns zusammen überlegen, wie wir das hier am besten zusammen beenden. Das ist ihre Chance! Machen sie nichts Unüberlegtes!"

Heiko Koschitzki hörte aber schon nicht mehr zu. Er lief immer schneller in der Hütte auf und ab und schien mit sich selber zu reden. Oliver und Thomas konnten aber nichts davon verstehen. Plötzlich blieb Heiko stehen. Er tippte sich mit seinem Zeigefinger gegen die Lippen. Seine Augen schauten dabei wild hin und her, dann schien er sich entschlossen zu haben. „Ich mache es einfach noch einmal! Ja, warum denn nicht! Es hat doch schon einmal geklappt. Und diesmal wird es auch funktionieren! Ich bin doch schon tot! Wer sollte auf die Idee kommen und den alten Koschitzki verdächtigen?! Ich mache es noch einmal!"

Dann verschwand er in den Nebenraum. Thomas und Oliver schauten sich besorgt an. „Was hat er vor?? Der wird doch nicht... Koschitzki!!!" Oliver schrie hinter Heiko her. „Mach keinen Unsinn, man!" Aber Heiko achtete nicht mehr auf die Beiden. Er kam zurück aus dem anderen Raum mit zwei Kanistern in den Händen. „Ich wusste doch, dass ich das hier nochmal gebrauchen kann!" Dann lief er wie von Sinnen an den beiden Gefesselten vorbei nach draußen.

„Was riecht hier denn so?" Thomas schaute sich um und versuchte die Quelle des Gestankes zu erkennen.

„Ist das etwa... Scheiße! Das ist Benzin!" rief Oliver. „Der will die Hütte abfackeln und uns gleich mit!" Oliver wurde immer nervöser und versuchte sich von seinen Fesseln zu befreien. Er wand sich hin und her, aber das Seil schnitt sich dabei immer weiter in seine Haut. Den Schmerz dabei nahm er kaum wahr. Er geriet langsam in Panik und wollte nur noch aus dieser verdammten Hütte raus. Er schmiss seinen Körper immer wieder von der einen zur anderen Seite und verrenkte seine Arme dabei, um sich zu befreien.

Thomas versuchte in dem blassen Licht, dass durch den Spalt der Tür drang, etwas zu finden, mit dem er das Seil durchschneiden konnte. Aber in diesem Raum war einfach nichts zu finden, mit dem man diese dicken Seile zerschneiden konnte. Jetzt geriet auch er langsam in Panik. Dieses schreckliche Gefühl, dass sich in seiner Magengegend ausbreitete. Er war machtlos und sah keinen Ausweg aus dieser verdammten Situation.

Oliver zappelte neben ihm und versuchte immer wilder seine Hände frei zu bekommen. Dabei schienen sich die Fesseln immer weiter zu zuziehen. Thomas ließ sich zur Seite fallen und wusste nicht mehr weiter. Er lag da, schaute zur Tür, die einen kleinen Spalt offen stand und dachte an Tanja, die er nun nie wieder sehen würde. Er dachte an seine Kollegen, die wahrscheinlich immer noch im Büro saßen, mal wieder Überstunden machten und nichtsahnend nach den drei Jugendlichen fahndeten, während er hier gefesselt lag und schon längst wusste, was mit den Dreien geschehen war. Aber was nutzte es ihm nun? Den Fall hatte er gelöst, aber er konnte es nicht weitergeben. Zwei der Kids waren tot und der Dritte rannte wahrscheinlich gerade kopflos durch den Wald. Es war nur eine Frage der Zeit, bis Heiko ihn finden würde und dann würde auch Maik sterben müssen. Genau wie sie Beide jetzt in dieser schrecklichen alten Hütte.

„Das habt ihr verdammten Schweine nun davon! Das ist mein Revier! Ich jage hier und niemand anderes! Ständig rennt ihr durch meinen Wald und seid laut! Immerzu dieser scheiß Lärm! Aber damit ist nun endgültig Schluss! Ich werde euch zeigen, was es heißt, wenn ihr euch mit mir anlegt! Ihr bekommt nun eure gerechte Strafe!"

Thomas hörte ihn und merkte, dass sich die Stimme um die Hütte herum bewegte. Ihm wurde klar, dass Heiko das Benzin um die ganze Hütte herum ausgoss! Sie würden hier nie rauskommen. Die Fesseln waren zu fest. Sie hatten keine Chance, sich zu befreien. Es war absolut sinnlos, es weiter zu versuchen. Auch Oliver hatte mittlerweile aufgehört, sich hin und her zu werfen und saß erschöpft an der Wand gelehnt und atmete schwer. Sie waren beide erschöpft und unendlich müde.

Plötzlich hörten sie Schritte vor der Tür und ein Schatten huschte an den Spalt vorbei. Da fiel Thomas auf, dass er Heiko draußen nicht mehr hörte. Jetzt war es soweit. Das waren die letzten Momente in ihrem Leben. Thomas sah schon vor sich, wie der geisteskranke Alte das Benzin anzündete und sie alle verbrannten. Aber er war zu erschöpft, um sich weiter zu wehren. Die Nacht war schon zu lang und hatte alles von ihm abverlangt. Seine Kraft, Ausdauer und nun letztendlich auch sein Leben.

Die Tür wurde aufgehauen und das Licht strahlte in den dunklen Raum. Eine Gestalt stand da und schaute auf die Beiden herab. Thomas konnte nicht mehr. Er lag nur da und schloss seine Augen. Er hörte, wie die Gestalt auf ihn zukam. Der alte Holzboden krächzte unter den Schritten. Oliver stammelte nur ein „Nein... Nein..." und ließ auch sich einfach nur zur Seite fallen. Sie konnten sich nicht mehr wehren.

Eine Hand griff sich Thomas´ Unterarm und er spürte, wie er auf dem Bauch gedreht wurde. Was hat dieser Verrückte vor, dachte Thomas und merkte plötzlich wie es um seine Handgelenke leichter wurde. Erst verstand er nicht, was geschah, bis er seine Augen öffnete und Maik vor sich stehen sah! Maik? Konnte das sein? Er war doch in den Wald abgehauen! War er tatsächlich zurückgekommen? So blöd konnte doch keiner sein! Nicht nach alldem, was er durchmachen musste! Thomas kniff seine Augen zu und öffnete sie wieder. Aber das war tatsächlich Maik! Jetzt hockte er neben Oliver und fummelte bei seinen Händen rum.

„M..Maik… was machst du hier…" stammelte Thomas.

„Pssst!" machte Maik, „Ich bin zurück gekommen, als mir klar wurde, dass ich hier nie alleine aus dem Wald finden kann. Deshalb bin ich umgedreht und habe mich erst versteckt. Dieser geisteskranke Typ begießt draußen alles mit Benzin! Ich glaube, der will hier alles abfackeln! Da musste ich doch handeln! Ich habe auf dem Tisch das Messer gefunden und eure Fesseln durchgeschnitten. Wir müssen schnell raus hier! Ich weiß nicht genau, wo dieser Idiot gerade ist! Aber bevor hier die Hölle ausbricht, will ich draußen sein!" Er griff Thomas unter die Arme und versuchte ihn auf die Beine zu helfen. Langsam aber sicher schaffte er es. Die Kraft war zurückgekehrt.

Die Situation hatte sich jetzt verändert und Thomas schöpfte Hoffnung, doch noch irgendwie hier rauszukommen. Beide halfen Oliver auf die Beine und zu Dritt schleppten sie sich durch die Tür in Richtung Ausgang. Sie waren gerade zur Hälfte durch den Raum gekommen. da flog mit einem Rumms die Tür auf. Heiko stand dort und schaute verdutzt. „Was?!? Wie konntet ihr euch befr..." Sein wilder Blick fiel auf Maik. „Du!!!" Spucke flog im hohen Bogen aus seinem Mund in Richtung der Flüchtenden. Er hob seinen Arm und zeigte mit seinem zitternden Zeigefinger auf den Jungen. „Du!!! Jetzt reicht es mir mit dir! Von Anfang an hast du mir nur Ärger bereitet, aber jetzt ist Schluss!" Das letzte Wort brüllte er hasserfüllt Maik herüber.

Heikos Augen waren weit aufgerissen. In der anderen Hand hatte er noch einen Benzinkanister, den er zur Seite warf. Mit einem großen Schritt kam er auf Maik zu. Dieser hatte noch das Messer in der Hand und hob es drohend hoch und zeigte damit auf Heiko. „Bleib wo du bist, du krankes Arschloch!" schrie Maik! „Ich schwörs dir! Ich stech dich ab!" Aber Heiko ging weiter auf den Jungen zu. Maik stellte sich schützend vor Thomas und Oliver und fuchtelte mit dem Messer vor sich her, um Heiko auf Abstand zu halten. Aber der dachte gar nicht daran, stehen zu bleiben. Er hatte sein Opfer vor Augen und wollte nur eins: es erledigen. Koste es was es wolle. Nun war er schon fast an Maik heran, der plötzlich das Messer nach vorne stieß. Heiko drehte sich blitzschnell zur Seite und konnte ausweichen. Maik stieß noch einmal nach, aber das war aus Panik geschehen und deshalb sehr ungenau. Es war ein Leichtes für Heiko einen Schritt nach hinten zu tun und dem Messer erneut auszuweichen. Dabei stieß er mit seiner Hacke des rechten Fußes auf etwas. Die Eisenstange! Heiko bückte sich und griff nach Ihr. In diesem Moment stieß Maik ein drittes Mal zu und verletze Heiko an der Schulter. Er schrie laut auf. Maik erschrak sich und machte einen Schritt nach hinten. Das Messer immer noch mit dem ausgestreckten Arm in Heikos Richtung zeigend. Dieser aber hatte die Stange schon gegriffen, holte aus und zielte dabei auf Maiks Arm. Völlig überrascht und von der Situation überfordert schaute Maik der Stange nach, als diese krachend auf seinen Arm einschlug. Ein Höllenschmerz durchfuhr ihn, als das Eisen seinen Arm brach. Dem Jungen wurde schwarz vor den Augen und er ging in die Knie.

„Hör endlich auf damit!" Thomas musste alles hilflos mit anschauen, während er seinen Freund stützte und dabei zusehen musste, wie Maik zu Boden ging. Aber Heiko hörte die Rufe nicht. Ihn trieb nur noch eins: Alles musste brennen. Diese scheiß Hütte und diese verdammten Störenfriede. Er ließ die Eisenstange fallen suchte nach dem Kanister, den er zur Seite geschmissen hatte. „Es reicht! Ich habe euch satt! Lasst mich endlich in Ruhe! Ich will das nicht mehr!" Er fand den Kanister und schüttete den Rest über den Boden aus. Aber das war ihm nicht genug. Mehr Benzin! In dem Lagerraum, dort mussten noch weitere Kanister mit Benzin stehen! Die wollte er holen und alles verteilen. Heiko lief an den Dreien vorbei und verschwand in den dunklen Raum. Thomas reagierte sofort. Er hob die Eisenstange auf und lief zur Tür, durch die Heiko gerade verschwand. Mit einem Schwung schmiss er sie zu und verriegelte mit der Stange die Türklinke so, dass die Tür von innen nicht geöffnet werden konnte. Jetzt war Heiko eingesperrt. Hinter der Tür hörte er ein lautes „Nnneiiiinnnn!!!!" Sofort wurde wie wild gegen das Holz getreten, aber es war zu stabil, um einfach eingetreten zu werden.

Jetzt wurde es ruhig. Thomas ging zu seinem Freund, der sich mittlerweile um Maik kümmerte. Der Junge lag wimmernd auf dem Boden und hielt sich seinen rechten Arm. „Wir müssen seinen Arm schienen, Thomas! Sonst kommen wir niemals durch den Wald!" Thomas schaute sich um und suchte nach etwas, das sich als Schienen benutzen lassen konnte. Sein Blick fiel auf den alten Stuhl. Er nahm diesen und versuchte die Beine abzubrechen. Aber das war nicht zu schaffen. „Verdammt!" schrie er verzweifelt aus. Er packte den Stuhl an der Lehne und schmiss ihn, wie es seine Kraft gerade noch zuließ, auf den Boden. Krachend zerbrach der Stuhl in seine Einzelteile und Thomas konnte die Holzbeine endlich nehmen und brachte sie Oliver. „Wir brauchen noch was zum Verbinden!" Thomas schaute verzweifelt in die Runde. Da entdeckte er das Bett. Er hob das Messer auf und schnitt lange Streifen aus dem dreckigen Bettlaken. Jetzt konnte Oliver den gebrochenen Arm schienen. Maik schrie vor Schmerz auf, als Oliver den Arm bewegte, um die Holzbeine des Stuhls fest anzubinden.

Thomas schaute erschöpft zu, als er aus dem Raum hinter ihm ein Glucksen hörte. Er drehte sich um und schaute zu der verrammelten Tür. Jetzt sah er unter dem Türspalt auf dem Boden eine Flüssigkeit durchfließen. Die Pfütze wurde immer größer und Gestank nach Benzin stieg ihm wieder in die Nase. Erschrocken ging er einen Schritt zurück.

„Ihr glaubt doch wohl nicht ernsthaft, dass ihr mich aufhalten könnt, oder?" hörten die Drei Heikos Stimme dumpf durch die Tür. „Ich brenne jetzt ein Loch in diese scheiß Tür und dann komme ich und hole euch!"

Thomas schaute zur Tür und konnte sich nicht bewegen. In seinem Kopf ratterte es. Er würde doch wohl nicht... Oh mein Gott! Dann hörte er, wie Heiko hinter der Tür sein Zippofeuerzeug öffnete. Das typische Klicken dabei war eindeutig durch das Holz zu hören. Auch Oliver schien es gehört zu haben und drehte sich erschrocken zur verrammelten Tür um. Seine Augen waren weit aufgerissen und er rief: „Nicht Heiko! Da ist alles voller Benzin! Mach das Feuerzeug um Himmels willen nicht an!"

„Raus! Wir müssen hier raus!" brüllte Thomas und lief auf seinen Freund zu, der dabei war Maik zu stützen. Er packte den Jungen unter den Arm und half seinen Freund dabei aus dieser Hütte raus zukommen. Hinter sich hörten sie Heiko Koschitzki husten und rufen: „Gleich bin ich bei euch! Dann seid ihr dran!" Mit dem Daumen bewegte er das kleine Rädchen. Kleine Funken stoben vom Feuerzeug davon und dann knallte es. In dem Raum hatte sich das verdampfte Benzin mit dem Sauerstoff vermischt und nur darauf gewartet, entzündet zu werden. Die Druckwelle, die dabei entstand musste irgendwo hin. Da es in diesem Raum kein Fenster gab, suchte es sich den Weg aus der verschlossenen Tür. Die Eisenstange war kein Hindernis und die Tür sprang aus ihren Angeln und schoss in den Wohnraum davon. Heiko Koschitzki wurde nach hinten geschleudert und landete in einer großen Benzinlache. Er sah schrecklich aus. Sein gesamtes Haar am und auf dem Kopf war bei der Explosion verbrannt. Seine Haut Krebsrot und an einigen Stellen im Gesicht gerissen. Seine Lippen waren aufgeplatzt und Blut lief aus dem Mund. Aber er lebte noch. Sein Körper war voller Adrenalin und deshalb merkte er den Schmerz im ersten Moment nicht. Sein Feuerzeug hatte er noch fest in seiner Hand eingeschlossen. Sein Blick ging zur Tür, die nicht mehr da war. Der Durchgang war nun frei.

Thomas, Oliver und Maik wurden von der Druckwelle nach vorne geworfen. Sie kamen gerade bis zur Eingangstür, als es knallte. Alle Drei lagen auf dem Boden, direkt vor der Hütte. Maik schrie laut auf, denn er war auf seinen gebrochenen Arm gefallen. Der Schmerz war schrecklich und er drohte, sein Bewusstsein zu verlieren. Oliver rappelte sich auf und versuchte den Jungen mit hoch zubekommen. Aber das war schwierig, da er benommen kaum mithelfen konnte. Thomas lag auf dem Bauch und hatte seine Hände schützend über den Kopf gehalten. In seinen Ohren klingelte es immer noch. Langsam drehte er sich um und schaute in die Hütte. Auf dem Boden lag die rausgesprengte Tür.

„Was ist mit Koschitzki?!" rief Oliver, „Ist der Mistkerl tot?"

„Weiß ich nicht." sagte Thomas. „Ich geh rein und schau nach. Ihr haut hier von der Tür ab. Da vorne ist ein dicker Baum. Geht dahinter erstmal in Deckung!"

„Pass bloß auf, man!" warnte Oliver und zog Maik mit sich, der wimmernd ein Schritt nach dem anderen tat.

Langsam näherte sich Thomas dem Eingang. Die Tür stand sperrangelweit auf. Er schaute rein und konnte Heiko Koschitzki nirgends entdecken. Mit vorsichtigen Schritten betrat er die Hütte und ging auf den hinteren Raum zu. Es roch immer noch stark nach Benzin. Langsam schritt er vorwärts und stieß mit dem Fuß gegen einen Gegenstand. Es war die Eisenstange, mit der Heiko Maiks Arm gebrochen hatte. Thomas bückte sich und hob die Stange auf. Ihm war wohler dabei, wenn er eine Waffe in der Hand halten konnte.

Der Lagerraum war nur noch ein paar Meter von ihm entfernt. Thomas blieb stehen und horchte. In seinen Ohren rauschte es immer noch von der Explosion. Er konnte sonst nichts hören und ging weiter. Jetzt stand er in der Tür und versuchte im Dunkeln etwas zu erkennen. Seine

Augen mussten sich erst an das fehlende Licht im Raum gewöhnen.

Plötzlich stand Heiko Koschitzki vor ihm! Mit einem kräftigen Stoß trieb er Thomas zurück, der völlig überrascht nach hinten taumelte. Heiko trat vor und humpelte auf Thomas zu. Unverständliche Worte kamen von seinen aufgeplatzten und blutenden Lippen. Sabber und Blut liefen aus seinem Mund, als er versuchte etwas zu sagen. Seine rechte Hand hielt immer noch das Feuerzeug fest umschlossen. „Iiich... ach... euch.... alle..." stöhnte er, während er immer weiter auf Thomas zukam. Dieser wich immer weiter zurück zum Eingang hin.

„Heiko! Bleib stehen! Du bist verletzt! Mach jetzt keinen Scheiß!" Thomas hielt beschwichtigend seine Hände nach vorne. Aber das nahm Heiko gar nicht wahr. Er war besessen davon, seine Beute zu erledigen. Koste es, was es wolle. Sein Daumen bewegte sich und er versuchte erneut, das Feuerzeug zu entzünden.

Beim zweiten Versuch schaffte er es. Eine kleine Flamme loderte am Docht. Entsetzt schaute Thomas auf das Feuer. Wie in Trance hob er die Eisenstange, die er immer noch in der Hand hielt, und holte damit aus. Dann sauste die Stange nieder und traf den Arm von Heiko, der aufschrie und nach hinten gegen die Wand stolperte. Dabei fiel das brennende Feuerzeug aus seiner Hand auf den Boden. Heiko Koschitzki warf sich wieder nach vorne um das Feuerzeug aufzuheben. Er machte einen Schritt nach vorne und stieß das Zippo mit der Spitze seines Schuhs davon. Es schlitterte weg und geradewegs in eine große Benzinpfütze. Sofort fing sie Feuer.

Thomas ließ seine Eisenstange fallen und sah zu, dass er so schnell wie möglich aus der Hütte kam! Voller Panik rannte er los, während sich das Feuer rasend schnell ausbreitete.

Heiko stolperte weiter nach vorne, beide Arme nach vorn ausgestreckt, seine Beute wollte entkommen. Er musste hinterher. Da erfassten auch ihn die Flammen. Seine mit Benzin getränkten Klamotten gingen lichterloh in Flammen auf.

„Nnnneeeeiiiiiiinnnn...!" schrie Koschitzki und versuchte immer noch, Thomas hinterher zulaufen. Jetzt stand er komplett in Flammen. Er schaffte es noch bis zur Eingangstür. Sein Mund war weit geöffnet und die Hitze der Flammen verbrannte seine Lunge. Das Gesicht war schon nicht mehr zu erkennen, als Thomas sich umdrehte. Entsetzt sah er zu, wie Heiko in die Knie ging und nach vorne umkippte. Regungslos blieb er liegen, von großen Flammen umringt, die gierig seinen Körper fraßen. Heiko Koschitzki war tot.

Das Feuer breitete sich immer mehr aus. Die Flammen schlugen Meterhoch in den Nachthimmel. Im Inneren explodierte eine Gasflasche. Dabei gingen die restlichen Fenster zu Bruch, die nicht schon bei der ersten Explosion zerstört wurden. Thomas zuckte dabei instinktiv zusammen, drehte sich um und lief zu dem großen Baum, an dem Oliver und Maik lehnten.

„Alles ok bei dir?!" rief Oliver ihm entgegen.

„Ja! Mir geht's gut! Koschitzki ist tot. Der verbrennt gerade im Höllenfeuer…" Erschöpft lies er sich neben seinen Freund sinken.

„Wie geht's Maik?"

„Geht schon. Er wird´s überleben, denke ich." antwortete er.

„Das ist gut. Das ist gut." Thomas lächelte Maik im Schein des Feuers an. „Wir werden dich hier bald aus dem Wald bringen. Dann kannst du in ein Krankenhaus."

„Wir wissen aber immer noch nicht, wie wir hier auf dem schnellsten Weg rauskommen. Der einzige, der sich hier auskannte, war Koschitzki. Aber den können wir nicht mehr fragen." Dabei deutete Oliver nach vorne zu dem Feuer. „Aber ich schätze mal, dass die Flammen in der Nacht gut zu sehen sind. Die Explosionen hat vielleicht auch jemand gehört. Irgendwer wird bestimmt die Feuerwehr rufen. Eigentlich müssen wir nur warten, bis sie da sind. Schön warm haben wir es ja solange." Dabei grinste er müde seinen Kumpel an.

„Ihr Feuerwehrleute seid bekloppt. Hoffen wir, dass du Recht hast. Ich kann keinen Meter mehr gehen. Und Maik wird diesen Marsch auch nicht schaffen." sagte Thomas und lehnte sich erschöpft an den Baum. Alle Drei saßen da und beobachteten schweigend das große Feuer, das viele Meter hoch in den Nachthimmel züngelte. Nach etlichen Minuten horchte Oliver auf. Weit entfernt, ganz leise konnte er Sirenen hören. Na also, dachte er. Irgendjemand ist wach geworden und muss den Feuerschein im Wald entdeckt haben. Bald würden die Kameraden kommen und große Augen machen, wenn sie die Drei entdecken.

EPILOG

Es dauerte noch eine ganze Weile, bis sie die ersten Kameraden von der Feuerwehr sehen konnten. Der Weg zu der Hütte hin war schon lange zu gewachsen und es war alles andere als einfach für die Feuerwehrleute, zu der brennenden Hütte zu kommen.

Als die Drei erschöpften Geocacher entdeckt wurden, gab es erst noch eine große Aufregung, denn damit hatte niemand rechnen können. Irgendwann schien es so, dass der gesamte Wald voller Menschen war. Es war noch nicht lange her, da waren die Drei alleine im Wald und nun waren überall Menschen.

Thomas saß mit einer Decke über seinen Schultern im Mannschaftsraum eines Feuerwehrwagen und beobachtete das bunte Treiben. Ungläubig schüttelte er immer wieder den Kopf. Er stand immer noch ein wenig unter Schock, aber ganz langsam konnte er wieder klare Gedanken fassen und war einfach fassungslos, dass eigentlich ganz in der Nähe seines Wohnortes so etwas passieren konnte. Ein schlechter Film und das quasi in der Nachbarschaft. Aber diesen hatten Maik, Oliver und er überlebt. Im Gegensatz zu den beiden anderen Jugendlichen und... Heiko Koschitzki. Das machte ihn nachdenklich und traurig. Er hätte niemals gedacht, in dieser Nacht den Fall der drei verschwundenen Jugendlichen zu lösen. Und dann auch noch mit solch einen Ausgang.

Aber jetzt war es wie es war. Er konnte es nicht mehr ändern. Ein Trost war es, dass sie Maik gefunden hatten und ihn befreien konnten. Also war diese schreckliche Nacht nicht ganz ohne Sinn gewesen.

Eine Kameradin des Rettungsdienstes kam zu Thomas und bat ihn freundlich zum Rettungswagen zu kommen. Seine beiden Freunde waren schon in einem anderen Rettungswagen auf dem Weg in ein Krankenhaus in Oldenburg.

Erschöpft schaute Thomas auf und lächelte die junge Frau an. Dann kam ihm nur eine Frage in den Sinn: „Sagen sie mal bitte, wie spät ist das überhaupt gerade?" Sie schaute ihn lächelnd an, konnte es aber nicht sagen, denn sie hatte ihre Uhr heute auf der Wache liegen lassen. Dann musste Thomas selber lachen. Eigentlich war es auch egal. Eines war er sich aber sicher. In nächster Zeit hatte er genug vom Geocaching. Naja, zumindest von den Nachtcaches. Eigentlich sollten diese ihn entspannen. Das heute Nacht war dann aber doch ein wenig zu viel des Guten.

Er ging zu dem Rettungswagen und drehte sich noch einmal zur der Hütte um, die mittlerweile nicht mehr brannte. Der Qualm stieg von den schwarzen Überresten in den nächtlichen Himmel empor und einige Feuerwehrleute löschten die letzten Glutnester ab.

Thomas beobachtete einige Zeit das Geschehen und eins schwor er sich: sobald dazu

Zeit war, würde er bei Google Maps nachschauen, wie groß dieser verdammte Wald überhaupt war.
Aber erst war ausschlafen angesagt. Das brauchte er gerade am dringendsten.

Was für ein Nachtcache…

Ende

23349761R00089

Printed in Poland
by Amazon Fulfillment
Poland Sp. z o.o., Wrocław